TRANZLATY

El idioma es para todos

A nyelv mindenkié

Las Aventuras de Alicia en el País de las Maravillas

Alice kalandjai Csodaországban

Lewis Carroll

Español / Magyar

Por la madriguera del conejo
Le a nyúllyukba

Alicia empezaba a cansarse mucho
Alice kezdett nagyon fáradt lenni
Estaba sentada junto a su hermana en el banco de hierba
A nővére mellett ült a füves parton
Pero ella no tenía nada que hacer
De nem volt semmi köze
Su hermana estaba leyendo un libro
A nővére könyvet olvasott
una o dos veces Alicia echó un vistazo al libro
egyszer-kétszer Alice belekukucskált a könyvbe
Pero el libro no contenía imágenes ni conversaciones
De a könyvben nem voltak képek vagy beszélgetések
«¿De qué sirve un libro sin imágenes?», pensó Alicia
"Mi haszna egy könyvnek képek nélkül?" - gondolta Alice
"¿Por qué un libro no tendría conversaciones?"
"Miért ne lenne egy könyvben beszélgetés?"
Pero tenía otras cosas que considerar
De más dolgokat is figyelembe kellett vennie
"Hacer una cadena de margaritas sería un placer"
"százszorszépek láncolatát készíteni öröm lenne"

"¿Pero vale la pena el esfuerzo de levantarse y recoger las margaritas?"
- De megéri-e az erőfeszítést, hogy felkeljen és szedje a százszorszépeket?
No era tan fácil pensar en esto
Erre nem volt olyan könnyű gondolni
porque el día la estaba haciendo sentir somnolienta y estúpida
mert a nap álmosnak és hülyének érezte magát
Pero de repente sus pensamientos se vieron interrumpidos
De hirtelen megszakadtak a gondolatai
un conejo blanco de ojos rosados corrió cerca de ella
egy rózsaszín szemű fehér nyúl futott el mellette

No había nada demasiado notable en el conejo
A nyúlban nem volt semmi túlságosan figyelemre méltó
y Alicia tampoco pensó que el conejo fuera notable
és Alice sem tartotta figyelemre méltónak a nyulat
ni le extrañó que el Conejo hablara
és nem is lepte meg, amikor a Nyúl megszólalt
"¡Oh, Dios mío! ¡Llegaré demasiado tarde!", se dijo a sí mismo
"Ó, drágám! Elkéstem!" - mondta magában

pero entonces el Conejo hizo algo que los conejos no hacían
de aztán a Nyúl olyat tett, amit a nyulak nem tettek meg
el Conejo sacó un reloj del bolsillo de su chaleco
a Nyúl elővett egy órát a mellényzsebéből
Miró la hora y luego se apresuró a seguir adelante
Ránézett az időre, majd továbbsietett
Alicia se puso en pie, asombrada
Alice csodálkozva talpra állt
¡Nunca antes había visto un conejo con chaleco!
Még soha nem látott nyulat mellényben!
¡Tampoco había visto nunca un conejo con reloj!
Nyulat sem látott még órával!
Alicia ardía con una nueva curiosidad
Alice új kíváncsiságtól égett
y corrió por el campo tras el Conejo
és átfutott a mezőn a Nyúl után
Llegó justo a tiempo para ver desaparecer al conejo
Éppen időben volt, hogy lássa a nyúl eltűnését
El conejo saltó a una gran madriguera
A nyúl leugrott egy nagy nyúllyukba
¡En otro momento, Alicia bajó detrás del conejo!
Egy másik pillanatban lefelé ment Alice a nyúl után!
La madriguera del conejo seguía recto como un túnel
A nyúllyuk egyenesen haladt tovább, mint egy alagút
Y el túnel siguió avanzando a cierta distancia
és az alagút tovább haladt egy bizonyos távolságig
Y entonces el camino de repente se hundió
Aztán az ösvény hirtelen leereszkedett
Alicia no tuvo ni un momento para pensar en detenerse
Alice-nek egy pillanatra sem volt arra gondolnia, hogy
megállítsa magát
Se encontró a sí misma cayendo y abajo y abajo
Azon kapta magát, hogy leesik és leesik
Parecía como si hubiera caído en un pozo muy profundo
Úgy tűnt, mintha egy nagyon mély kútba esett volna
O el pozo era muy profundo, o ella caía muy lentamente
Vagy a kút nagyon mély volt, vagy nagyon lassan esett

porque tenía tiempo de sobra para caer
mert bőven volt ideje esni
Mientras caía, podía mirar a su alrededor
Ahogy zuhanni kezdett, körülnézett
Primero, trató de averiguar a dónde iba
Először megpróbálta kitalálni, hová megy
Pero el pozo estaba demasiado oscuro para ver nada
De a kút túl sötét volt ahhoz, hogy bármit is lásson
Luego miró a los lados del pozo
Aztán megnézte a kút oldalát
Y se dio cuenta de que había armarios a su alrededor
És észrevette, hogy szekrények vannak körülötte
y alrededor del pozo había estanterías de libros
és a kút körül könyvespolcok voltak
Aquí y allá veía mapas y cuadros colgados de perchas
itt-ott térképeket és képeket látott csapokra akasztva
Al pasar, bajó un frasco de una de las estanterías
Levett egy üveget az egyik polcról, amikor elhaladt
El frasco estaba etiquetado por su contenido
Az üveget címkével látták el a tartalma alapján
"MERMELADA DE NARANJAS"
"NARANCSBÓL KÉSZÜLT LEKVÁR"
**Pero, para su gran decepción, el frasco de mermelada estaba
vacío**
De nagy csalódására a lekváros üveg üres volt
No quería dejar caer el tarro de mermelada vacío
Nem akarta leejteni az üres lekváros üveget
y su caída fue muy lenta
és az esése nagyon lassú volt
**Así que se las arregló para poner el frasco de mermelada en
uno de los armarios**
Így sikerült a lekváros üveget az egyik szekrénybe helyezni
¡Abajo, abajo, abajo, ella cae!
Le, le, le, leesik!
¿Llegaría alguna vez la caída a su fin?
Véget ér-e valaha a bukás?
No había nada más que hacer

Nem volt mit tenni
así que Alicia pronto empezó a hablar consigo misma
így Alice hamarosan beszélni kezdett magában
—¡Dinah me echará mucho de menos esta noche, creo!
"Dinah-nak nagyon fog hiányozni ma este, azt hiszem!"
Dinah era la gata de Alicia
Dinah Alice macskája volt
"Espero que se acuerden de su plato de leche a la hora del té"
"Remélem, emlékezni fognak a csészealj tejére teaidőben"
**—¡Dinah, querida, desearía que estuvieras aquí abajo
conmigo!**
- Dinah, kedvesem, bárcsak itt lennél velem!
Alicia sintió que se estaba quedando dormida
Alice úgy érezte, hogy elszunnyad
Y de repente, ¡pum! ¡golpe!
És akkor hirtelen, dübörgés! Thump!
Cayó sobre un montón de palos
leesett egy halom botra
y aterrizó sobre un montón de hojas secas
És leszállt egy halom száraz levélre
Y finalmente la larga caída por el agujero había terminado
És végül véget ért a hosszú zuhanás a lyukon
Alicia no estaba herida en lo más mínimo
Alice egy cseppet sem sérült meg
Y se levantó de un salto en un momento
és egy pillanat alatt felugrott
Alzó la vista, pero todo estaba oscuro sobre su cabeza
Felnézett, de minden sötét volt a feje fölött
Frente a ella había otro largo pasillo
Előtte egy másik hosszú folyosó volt
y el Conejo Blanco seguía a la vista
és a Fehér Nyúl még mindig látható volt
Corría por el pasillo
Sietett lefelé a folyosón
No había un momento que perder
Nem volt vesztegetni való pillanat
Alicia salió corriendo como el viento

ki futott Alice, mint a szél
A la vuelta de la esquina giró el conejo
A sarkon megfordult a nyúl
Llegó justo a tiempo para oír al conejo
Éppen időben volt, hogy meghallja a nyulat
"Oh, mis orejas y bigotes"
"Ó, a fülem és a bajuszom"
"¡Qué tarde se está haciendo!"
- Milyen késő van!
Estaba muy cerca del conejo
Szorosan a nyúl mögött volt
Dobló otra esquina
Befordult egy másik sarkon
pero el Conejo ya no se dejaba ver
de a Nyulat már nem lehetett látni
Se encontró en un pasillo largo y bajo
Egy hosszú, alacsony teremben találta magát
La sala estaba iluminada por una hilera de lámparas de techo
A termet mennyezeti lámpák sora világította meg
Había puertas por todo el pasillo
A terem körül ajtók voltak
pero todas las puertas estaban cerradas con llave
De minden ajtó zárva volt
Caminó por un lado del pasillo
Végigsétált a terem egyik oldalán
Y ella había caminado todo el camino hasta el otro lado de la sala
és egészen a terem másik oldaláig sétált
Había intentado todas las puertas
Minden ajtót kipróbált
Y caminó tristemente por el centro del pasillo
és szomorúan sétált végig a terem közepén
"¿Cómo voy a volver a salir?"
"Hogyan fogok valaha is kijutni?"

De repente se encontró con una mesita
Hirtelen egy kis asztalra bukkant
La mesa estaba hecha completamente de vidrio macizo
Az asztal teljes egészében tömör üvegből készült
No había nada sobre la mesa, excepto una pequeña llave dorada
Nem volt semmi az asztalon, csak egy apró aranykulcs
¡La llave podría pertenecer a una de las puertas!
Lehet, hogy a kulcs az egyik ajtóhoz tartozik!
Pero, ¡ay! Algunas de las cerraduras eran demasiado grandes para las llaves
De sajnos! Néhány zár túl nagy volt a kulcsokhoz
y para las otras cerraduras la llave era demasiado pequeña
és a többi zárhoz a kulcs túl kicsi volt
Pero, en cualquier caso, la llave no abrió ninguna de las puertas
De mindenesetre a kulcs egyik ajtót sem nyitotta ki
Pero, ¿qué iba a hacer ella?
De mit kellett tennie?
Volvió a atravesar el pasillo
Újra átment a termen
Y esta vez se fijó en una cortina baja
És ezúttal észrevett egy alacsony függönyt
Detrás de la cortina había una puertecita
A függöny mögött volt egy kis ajtó

La puerta tenía unos quince centímetros de alto
Az ajtó körülbelül tizenöt hüvelyk magas volt
Probó la pequeña llave dorada en la cerradura
Kipróbálta a zárban lévő kis aranykulcsot
Y para su gran deleite, ¡la llave encajó en la cerradura!
És nagy örömére a kulcs illeszkedik a zárba!
Alicia abrió la puerta
Alice kinyitotta az ajtót
Y encontró que la puerta daba a un pequeño pasillo
És megtalálta az ajtót, amely egy kis folyosóra vezetett
El corredor no era mucho más grande que una madriguera de ratas
A folyosó nem volt sokkal nagyobb, mint egy patkánylyuk
Se arrodilló y miró a lo largo del pasillo
Letérdelt, és végignézett a folyosón
Y ella vio el jardín más hermoso que jamás hayas visto
És látta a legszebb kertet, amit valaha láttál
¡Cómo anhelaba salir de ese oscuro salón
mennyire vágyott arra, hogy kijusson abból a sötét teremből
cómo quería vagar entre esas flores brillantes
hogyan akart vándorolni a fényes virágok között
¡Qué genial se veían esas fuentes
Milyen klasszul frissítőnek tűntek ezek a szökőkutak
Pero ni siquiera podía meter la cabeza por la puerta
De még a fejét sem tudta bedugni az ajtón
-¡Oh! -exclamó Alicia con tristeza-
- Ó - mondta Alice gyászosan
"¡Cómo desearía poder plegarme como un telescopio!"
"Mennyire szeretném, ha összecsukhatnám, mint egy távcsövet!"
"Creo que podría plegarme como un telescopio"
"Azt hiszem, össze tudnék csukódni, mint egy távcső"
"Si supiera cómo empezar"
"bárcsak tudnám, hogyan kezdjem el"
Alicia volvió a la mesa
Alice visszament az asztalhoz
Existía la posibilidad de encontrar otra llave

Esély volt egy másik kulcs megtalálására
O podría haber un libro de reglas
vagy lehet egy szabálykönyv
El libro podría decirle cómo plegarse como un telescopio
A könyv megmondhatta neki, hogyan kell összecsukni, mint
egy távcsövet
Esta vez encontró una botellita
Ezúttal talált egy kis üveget
—Esta botella no estaba aquí antes —dijo Alicia—
- Ez a palack biztosan nem volt itt korábban - mondta Alice
**y atada alrededor del cuello de la botella había una etiqueta
de papel**
és a palack nyakába kötve papírcímke volt
La etiqueta estaba bellamente impresa en letras grandes
A címkét gyönyörűen, nagy betűkkel nyomtatták
"BÉBEME"
"Igyál MEG"
—No, miraré primero —dijo ella—
- Nem, először megnézem - mondta
"Veré si la botella está marcada como venenosa o no"
"Megnézem, hogy a palack mérgező-e vagy sem"
porque nunca olvidó la lección sobre el veneno
Mert soha nem felejtette el a méregről szóló leckét
**"Si una botella está etiquetada como venenosa, es probable
que no esté de acuerdo contigo"**
"Ha egy palackot mérgezőnek címkéznek, akkor biztosan nem
ért egyet veled"
Sin embargo, esta botella no estaba marcada como venenosa
Ezt a palackot azonban nem jelölték mérgezőnek
así que Alicia se aventuró a probar el contenido de la botella
így Alice megkóstolta a palack tartalmát
Encontró el líquido bastante de su agrado
A folyadékot nagyon tetszettnek találta
La bebida tenía una especie de sabor mezclado
Az italnak egyfajta vegyes íze volt
tarta de cerezas, natillas y piña
cseresznye-torta, puding és ananász

Pavo asado, caramelo y tostadas con mantequilla caliente
sült pulyka, karamella és pirítós forró vajjal
Y pronto acabó la botella
és hamarosan befejezte az üveget
-¡Qué sensación tan curiosa! -exclamó Alicia-
"Milyen furcsa érzés!" - mondta Alice
"¡Me estoy pliegando como un telescopio!"
"Összecsukom, mint egy távcsövet!"
¡Y se estaba pliegando como un telescopio!
És valóban összecsukódott, mint egy távcső!
Ahora solo medía diez pulgadas de alto
Most már csak tíz hüvelyk magas volt
y su rostro se iluminó con sus pensamientos
és az arca felderült a gondolataira
Ahora ella tenía el tamaño adecuado para la pequeña puerta
Most már megfelelő méretű volt a kis ajtóhoz
Ahora podía entrar en ese hermoso jardín
Most már bemehetett abba a szép kertbe
Pronto dejó de hacerse más pequeña
Hamarosan abbahagyta a kisebbséget
Decidió ir al jardín de inmediato
Úgy döntött, hogy azonnal bemegy a kertbe
pero, ¡ay de la pobre Alicia!
de jaj szegény Alice-nek!
Llegó a la puerta
Az ajtóhoz ért
Pero había olvidado la pequeña llave de oro
De elfelejtette a kis aranykulcsot
Volvió a la mesa en busca de la llave
Visszament az asztalhoz a kulcsért
Pero se dio cuenta de que no podía llegar lo suficientemente alto
De rájött, hogy nem tud elég magasra jutni
Podía ver la llave claramente a través del cristal
Tisztán látta a kulcsot az üvegen keresztül
Trató de trepar por las patas de la mesa
Megpróbált felmászni az asztal lábaira

Pero el cristal era demasiado resbaladizo
De az üveg túl csúszós volt
Con el tiempo se cansó de intentarlo
Végül kifárasztotta magát a próbálkozással
Y la pobre niña se sentó y lloró
És a szegény kislány leült és sírt
Alicia se habló a sí misma con bastante brusquedad
Alice meglehetősen élesen beszélt magában
"¡Vamos, no sirve de nada llorar así!"
"Gyere, nincs értelme így sírni!"
"¡Te aconsejo que te detengas ahora mismo!"
"Azt tanácsolom, hogy ebben a percben hagyja abba!"
En general, se daba muy buenos consejos
Általában nagyon jó tanácsokat adott magának
aunque muy rara vez seguía sus propios consejos
bár nagyon ritkán követte a saját tanácsát
Y a veces era demasiado dura consigo misma
és néha túl kemény volt önmagával szemben
y sus palabras hicieron que se le llenaran los ojos de lágrimas
és szavai könnyeket csaltak a szemébe
Pronto sus ojos se posaron en una cajita de cristal
Hamarosan egy kis üvegdobozra esett a szeme
La cajita de cristal estaba debajo de la mesa
A kis üvegdoboz az asztal alatt feküdt
En la caja de cristal había un pastel muy pequeño
Az üvegdobozban egy nagyon kicsi sütemény volt
En el pastel, algunas palabras estaban bellamente escritas
A tortán néhány szó gyönyörűen volt írva
Las palabras habían sido marcadas con grosellas
A szavakat ribizliben jelölték
"CÓMEME"
"EGYÉL MEG"
—Bueno, me comeré el pastel —dijo Alicia—
- Nos, megeszem a tortát - mondta Alice
"y si el pastel me hace crecer, puedo llegar a la llave"
"és ha a tortától nagyobb leszek, elérhetem a kulcsot"

"y si el pastel me hace más pequeño, puedo arrastrarme por debajo de la puerta"

"és ha a tortától kisebb leszek, bekúszhatok az ajtó alá"

"así que de cualquier manera me meteré en el jardín"

"szóval akárhogy is, bejutok a kertbe"

"¡Y no me importa cuál de los dos suceda!"

"és nem érdekel, hogy a kettő közül melyik történik!"

Se comió un pedacito del pastel

Megevett egy keveset a tortából

Y se habló a sí misma con ansiedad:

és aggódva szólt magában:

—¿De qué manera? ¿Hacia dónde?

"Merre? Merre?"

Y se llevó la mano a la cabeza

és a fejét tartotta a fején

Quería sentir de qué manera estaba creciendo

Érezni akarta, merre fejlődik

Se sorprendió bastante al descubrir lo que había sucedido

Nagyon meglepődött, amikor megtudta, mi történt

¡Había permanecido del mismo tamaño!

Ugyanakkora maradt!

Así que esta vez redobló sus esfuerzos

Tehát ezúttal megduplázta erőfeszítéseit

Y pronto terminó todo el pastel

És hamarosan befejezte az egész tortát

El charco de lágrimas
A könnyek medencéje

-¡Esto se está poniendo cada vez más interesante! -exclamó Alicia-

"Ez egyre érdekesebbé válik!" - kiáltotta Alice

Se puede ver que estaba muy sorprendida

Láthatja, hogy nagyon meglepődött

"¡Me estoy abriendo como el telescopio más grande que jamás haya existido!"

"Úgy nyitok, mint a valaha volt legnagyobb távcső!"

—¡Adiós, pies! ¡Oh, mis pobres piecitos!

"Viszlát, lábak! Ó, szegény kis lábam"

"Me pregunto quién se pondrá sus zapatos por ustedes ahora, queridos".

- Kíváncsi vagyok, ki fogja most felvenni neked a cipődet, kedveseim?

—¿Y me pregunto quién se pondrá las medias?

- és kíváncsi vagyok, ki fogja felvenni a harisnyádat?

"Estaré demasiado lejos"

"Túl messze leszek"

"No podré preocuparme más por ti"

"Nem fogok tudni többé bajlódni veled"

Justo en ese momento su cabeza golpeó contra algo

Ebben a pillanatban a feje valaminek ütközött

Había llegado al techo de la sala

elérte a terem tetejét

De hecho, ahora medía más de dos metros de altura

Valójában most már több mint két méter magas volt

Y al instante tomó la pequeña llave de oro

És azonnal felvette a kis aranykulcsot

Y se apresuró a llegar a la puerta del jardín

és elsietett a kertajtóhoz

¡Pobre Alicia! No había mucho que pudiera hacer

Szegény Alice! Nem sokat tehetett

Se acostó de lado

Az egyik oldalra feküdt

Y miró al jardín con un ojo

És fél szemmel kinézett a kertbe
Pero salir adelante era más desesperado que nunca
De az átjutás reménytelenebb volt, mint valaha
Se sentó y comenzó a llorar de nuevo
Leült, és újra sírni kezdett
Siguió derramando galones de lágrimas
Folytatta a könnyek gallonjait
Pronto había un gran estanque a su alrededor
Hamarosan egy nagy medence volt körülötte
Y el agua llegaba hasta la mitad del pasillo
és a víz elérte a terem felét
Al cabo de un rato, oyó un pequeño golpeteo de pies
Egy idő után hallotta a lábak kis pattogását
Oyó los pasos que venían de lejos
Hallotta a lábát a távolból
Y se secó los ojos apresuradamente para ver lo que venía
és sietve megszárította a szemét, hogy lássa, mi jön
Era el Conejo Blanco que regresaba
A Fehér Nyúl visszatért
Iba espléndidamente vestido
Pompásan volt öltözve
Tenía un par de guantes blancos en una mano
Egy pár fehér kesztyű volt az egyik kezében
y tenía un gran abanico de plumas en la otra mano
És volt egy nagy tolllegyezője a másik kezében
Llegó trotando a toda prisa
Nagy sietve ügetve jött
y murmuró para sí: "¡Oh! ¡La duquesa, la duquesa!
és azt motyogta magában: "Ó! a hercegnő, a hercegnő!"
—¡Oh! ¡No será salvaje si la he hecho esperar!
"Óh! nem lesz vad, ha várakoztattam!"

Cuando el Conejo se acercó a ella, Alicia habló

Amikor a Nyúl a közelébe ért, Alice megszólalt

Pero ella hablaba en voz baja y tímida

De halk, félénk hangon beszélt

"Señor, por favor, deje de hacer lo que está haciendo por un momento"

"Uram, kérem, hagyja abba egy pillanatra, amit csinál"

El Conejo se sobresaltó violentamente

A Nyúl hevesen megijedt

Dejó caer los guantes blancos y el abanico de plumas

Ledobta a fehér kesztyűt és a tolllegyezőt

Y se escabulló en la oscuridad lo más rápido que pudo

és elsurrant a sötétségbe, amilyen gyorsan csak tudott

Alicia recogió el abanico de plumas y los guantes

Alice felvette a tollventilátort és a kesztyűt

Y no paraba de abanicarse mientras seguía hablando

És folyamatosan legyezgette magát, miközben tovább beszélt

"¡Querido, querido! ¡Qué extraño es todo hoy!"

"Kedves, kedves! Milyen furcsa ma minden!"

"Ayer las cosas siguieron como siempre"

"Tegnap a dolgok a szokásos módon mentek tovább"
—¿Era yo el mismo cuando me levanté esta mañana?
"Ugyanaz voltam, amikor ma reggel felkeltem?"
Pero si no soy el mismo, hay otra cuestión
"De ha nem vagyok ugyanaz, van egy másik kérdés"
¿Quién demonios soy yo?
"Ki vagyok én a világon?"
¡Ah, ese es el gran rompecabezas!
"Ah, ez a nagy rejtvény!"
Al decir esto, se miró las manos
Miközben ezt mondta, lenézett a kezére
Llevaba uno de los Conejos, gusanos blancos
Az egyik nyúl kis fehér kesztyűt viselt
No se había dado cuenta de que se había puesto el guante mientras hablaba
Nem vette észre, hogy beszélgetés közben felvette a kesztyűt
¿Cómo pude haber hecho eso?", pensó
"Hogyan tehettem ezt?" - gondolta
Debo estar haciéndome pequeño otra vez
"Újra kicsinek kell lennem"
Se levantó y se acercó a la mesa para medir su altura
Felkelt és az asztalhoz ment, hogy megmérje a magasságát
Descubrió que ahora medía aproximadamente medio metro de altura
Megállapította, hogy most körülbelül fél méter magas
Y ella seguía encogiéndose rápidamente
és még mindig gyorsan zsugorodott
Pronto descubrió cuál era la causa del encogimiento
Hamarosan rájött, mi a zsugorodás oka
¡El abanico de plumas la estaba haciendo más pequeña de nuevo!
A tolllegyező ismét kisebbé tette!
Y dejó caer el abanico de plumas apresuradamente
És sietve eldobta a tollventilátort
Dejó caer el abanico de plumas justo a tiempo para salvarse
Éppen időben ejtette el a tollventilátort, hogy megmentse magát

Si se hubiera abanicado por más tiempo, se habría encogido por completo
Ha tovább legyezte volna magát, teljesen összezsugorodott volna
-¡Ha sido una fuga por los pelos! -dijo Alicia-
"Ez egy szűk menekülés volt!" - mondta Alice
Y se asustó mucho ante el cambio repentino
és nagyon megijedt a hirtelen változástól
pero estaba muy contenta de encontrarse todavía en existencia
De nagyon örült, hogy még mindig létezik
—¡Y ahora, al jardín!
- És most irány a kert!
Y corrió a toda prisa hacia la puertecita
És teljes sebességgel visszaszaladt a kis ajtóhoz
Pero, ¡ay! La puertecita se cerró de nuevo
De sajnos! A kis ajtó ismét becsukódott
Y la pequeña llave de oro volvía a estar sobre la mesa de cristal
És a kis aranykulcs ismét az üvegasztalon hevert
"Las cosas están peor que nunca", pensó el pobre niño
"A dolgok rosszabbak, mint valaha" - gondolta a szegény gyermek
"Nunca antes había sido tan pequeño como esto, ¡nunca!"
"Soha nem voltam ilyen kicsi, mint ez, soha!"
Al decir estas palabras, su pie resbaló
Ahogy ezeket a szavakat mondta, a lába megcsúszott
¡Y en otro momento hubo un gran chapoteo!
És egy másik pillanatban nagy csobbanás volt!
Estaba sumergida en agua salada hasta la barbilla
állig ért a sós vízben
Su primera idea fue que de alguna manera había caído al mar
Az első ötlete az volt, hogy valahogy beleesett a tengerbe
Sin embargo, pronto se dio cuenta de en qué estaba metida
Azonban hamarosan rájött, hogy miben van
Estaba en un charco de lágrimas

Könnyek medencéjében volt
las lágrimas que había llorado cuando tenía dos metros de altura
a könnyek, amelyeket két méter magas korában sírt

Justo en ese momento escuchó algo
Ekkor hallott valamit
Algo chapoteaba en la piscina
Valami fröccsent a medencében
El chapoteo venía de un poco más lejos
A fröccsenés egy kicsit messziről jött
Y se acercó nadando para ver qué era el chapoteo
és közelebb úszott, hogy megnézze, mi a csobbanás
Pronto vio que era solo un ratoncito
Hamarosan látta, hogy ez csak egy kis egér
El ratoncito también se había metido en el agua
A kisegér is becsúszott a vízbe
Alicia pensó para sí misma sobre la situación
Alice gondolta magában a helyzetet
—¿Serviría de algo hablar con este ratón?
- Hasznos lenne beszélni ezzel az egérrel?

"Aquí todo está tan al revés"
"Itt minden olyan fejjel lefelé van"
"Creo que es muy probable que este ratón pueda hablar"
"Nagyon valószínűnek kellene tartanom, hogy ez az egér tud beszélni"
"En cualquier caso, no hay nada de malo en intentarlo"
"Mindenesetre nem árt megpróbálni"
Así que empezó a tratar de hablar con el ratón
Így hát megpróbált beszélni az egérrel
"Oh Ratón, ¿conoces la forma de salir de esta piscina?"
- Ó, egér, tudod a kiutat ebből a medencéből?
—¡Estoy muy cansado de nadar por aquí, oh ratón!
- Nagyon belefáradtam az úszásba, ó, egér!
El ratón la miró con curiosidad
Az egér meglehetősen kíváncsian nézett rá
El ratón parecía guiñar un ojo con uno de sus ojitos
Az egér mintha kacsintott volna az egyik kis szemével
Pero el ratoncito no dijo nada
De a kisegér nem szólt semmit
"A lo mejor el ratón no entiende inglés", pensó Alicia
"Talán az egér nem ért angolul" - gondolta Alice
"Me atrevo a decir que es un ratón francés"
"Merem állítani, hogy ez egy francia egér"
"tal vez este ratón vino con Guillermo el Conquistador"
"talán ez az egér jött át Hódító Vilmossal"
Así que empezó de nuevo, en francés
Így hát újra elkezdte, franciául
"¿Dónde está mi gato?", preguntó en francés
"Hol van a macskám?" – kérdezte franciául
era la primera frase de su libro de clases de francés
ez volt francia leckekönyvének első mondata
El Ratón dio un súbito salto fuera del agua
Az Egér hirtelen kiugrott a vízből
y el ratón pareció temblar de miedo
és úgy tűnt, hogy az egér reszket az ijedtségtől
-¡Oh, le ruego que me perdone! -exclamó Alicia
apresuradamente-

- Ó, bocsánatot kérek! - kiáltotta Alice sietve

Temía haber herido los sentimientos del pobre animal

Attól félt, hogy megsértette a szegény állat érzéseit

"Olvidé que no te gustaban los gatos"

"Teljesen elfelejtettem, hogy nem szereted a macskákat"

—¡No me gustan los gatos! —exclamó el ratón con voz estridente y apasionada—

"Nem szeretem a macskákat!" kiáltotta az Egér reszkető, szenvedélyes hangon

—¿Te gustaría tener gatos, si fueras yo?

- Szeretnél macskákat, ha én lennél?

Alicia consoló al ratón en un tono tranquilizador

Alice megnyugtató hangon vigasztalta az egeret

"Bueno, tal vez a mí tampoco me gustarían los gatos si fuera tú"

- Nos, talán én sem szeretnék macskákat, ha te lennék.

"Por favor, no te enfades por la mención de los gatos"

"Kérlek, ne haragudj a macskák említése miatt"

"Y, sin embargo, desearía poder mostrarte a nuestra gata Dinah"

"És mégis azt kívánom, bárcsak megmutathatnám neked a macskánkat, Dinah-t"

"Si la conocieras, creo que te encapricharías de los gatos"

"Ha találkoznál vele, azt hiszem, kedvet kapnál a macskákhoz"

"Si tan solo pudieras verla"

"Bárcsak láthatnád"

"Es una cosa tan querida y tranquila"

"Olyan kedves, csendes dolog"

El ratón temblaba por todas partes

Az egér egész testében remegett

Alicia estaba segura de que el ratón debía de estar realmente ofendido

Alice biztos volt benne, hogy az egér biztosan megsértődött

"No hablaremos más de ella, si prefieres no hacerlo"

"Nem beszélünk róla többet, ha inkább nem"

-¡Nosotros, en efecto! -exclamó el Ratón-

"Mi, valóban!" kiáltotta az Egér

El ratón temblaba hasta la punta de la cola

Az egér a farka végéig remegett

—¡Como si fuera a hablar de un tema así!

- Mintha ilyen témáról beszélnék!

"Nuestra familia siempre odió a los gatos"

"A családunk mindig utálta a macskákat"

"Gatos; ¡Cosas desagradables, bajas, vulgares!"

"macskák; Csúnya, alacsony, vulgáris dolgok!"

"¡No dejes que vuelva a escuchar el nombre!"

"Ne engedd, hogy újra halljam a nevet!"

-¡No volveré a hablar de los gatos! -dijo Alicia-

"Nem említem többé a macskákat!" - mondta Alice

Tenía mucha prisa por cambiar de tema

Nagyon sietett megváltoztatni a témát

"¿Eres tú... ¿Te gustan los perros?

"Te vagy... Szereted a kutyákat?"

"Hay un perrito tan simpático cerca de nuestra casa"

"Van egy ilyen kedves kis kutya a házunk közelében,"

—¡Me gustaría enseñarte el perrito!

- Szeretném megmutatni neked a kis kutyát!

"Este perrito mata a todas las ratas y...

"Ez a kis kutya megöli az összes patkányt és...

-¡Oh, querida! -exclamó Alicia en tono triste-

- Ó, drágám! - kiáltotta Alice szomorú hangon

"¡Me temo que te he ofendido de nuevo!"

- Attól tartok, megint megbántottalak!

El ratón se alejaba nadando de ella tan rápido como podía

Az egér olyan gyorsan úszott el tőle, ahogy csak tudott

y el ratón hizo un gran alboroto en la piscina

És az egér elég nagy felfordulást okozott a medencében

Así que llamó suavemente al ratón

Így halkan hívta az egeret

"¡Mi querido ratón, por favor vuelve!"

"Kedves egerem, kérlek, gyere vissza!"

"Y no hablaremos de gatos"

"És nem fogunk beszélni a macskákról"

"Y tampoco tenemos que hablar de perros"
"És a kutyákról sem kell beszélnünk"
Cuando el ratón escuchó esto, se dio la vuelta
Amikor az egér ezt meghallotta, megfordult
Y el ratoncito nadó lentamente de regreso a ella
És a kis egér lassan visszaúszott hozzá
La cara del ratón estaba bastante pálida
Az egér arca egészen sápadt volt
Y el ratón habló, en voz baja y temblorosa
és az egér halk, remegő hangon beszélt
"Vamos a la orilla"
"Menjünk a partra"
"y luego te contaré mi historia"
"és akkor elmondom neked a történetemet"
"y entenderás por qué odio a los gatos y a los perros"
"és meg fogod érteni, miért utálom a macskákat és a kutyákat"
Ya era hora de partir
Legfőbb ideje volt menni
porque la piscina se estaba llenando bastante
mert a medence meglehetősen zsúfolt volt
Otros pájaros y animales habían caído en el estanque
Más madarak és állatok beleestek a medencébe
había un pato y un dodo
volt egy kacsa és egy dodó
y había un pájaro lori y un aguilucho
és volt egy Lory madár és egy Eaglet
Y había varias otras criaturas de aspecto interesante
És számos más érdekes kinézetű lény is volt
Alicia abrió el camino para salir de la piscina
Alice vezette a kiutat a medencéből
Y todo el grupo de animales nadó hasta la orilla
és az állatok egész csoportja úszott a partra

Una carrera de caucus y una larga cola

Egy caucus verseny és egy hosszú farok

De hecho, eran un grupo de animales de aspecto gracioso
Valóban vicces kinézetű állatcsapat voltak
Y todos se reunieron a la orilla del agua
és mindannyian összegyűltek a víz partján
Todos los pájaros tenían las plumas desaliñadas
A madaraknak mind kócos tollai voltak
y los animales peludos estaban empapados
és a szőrös állatokat átitatták
y todos estaban empapados, molestos e incómodos
és mindegyik nedvesen, bosszúsan és kényelmetlenül
csöpögött

Había una pregunta que había que responder primero
Volt egy kérdés, amit először meg kellett válaszolni
¿Cuál es la mejor manera de que todos se sequen?
Mi a legjobb módja annak, hogy mindenki kiszáradjon?
Tuvieron una consulta sobre este asunto
Konzultáltak erről az ügyről

Pronto todos se sintieron en términos familiares
Hamarosan mindannyian ismerős viszonyban voltak
Era como si los conociera de toda la vida
Olyan volt, mintha egész életében ismerte volna őket
El ratón parecía ser una persona de cierta autoridad
Az egér valamilyen tekintélyes személynek tűnt
"¡Siéntense todos y escúchenme!
"Üljetek le mindannyian, és hallgassatok rám!
"¡Pronto los volveré a secar!"
"Hamarosan újra szárazzá teszlek benneteket!"
Se sentaron todos a la vez, en un gran círculo
Mindannyian egyszerre ültek le, egy nagy gyűrűben
y el ratoncito se sentó en el medio
És a kis egér középen ült
—¡Ejem! —dijo el ratón con aire importante—
"Ahem!" - mondta az egér fontos levegővel
"¿Están todos listos?"
- Készen álltok?
"Esto es lo más seco que conozco"
"Ez a legszárazabb dolog, amit tudok"
—¡Silencio por todas partes, por favor!
"Csend körös-körül, ha tetszik!"
"Guillermo el Conquistador fue favorecido por el Papa"
"Hódító Vilmosnak kedvezett a pápa"
"pero pronto fue sometido por los ingleses"
"de hamarosan behódoltak neki az angolok"
"Últimamente querían líderes"
"Kései vezetőket akartak"
"Y se habían acostumbrado al poder y a la conquista"
"és hozzászoktak a hatalomhoz és a hódításhoz"
"Edwin y Morcar, los condes de Mercia y Northumbria"
"Edwin és Morcar, Mercia és Northumbria grófjai"
—¡Uf! —exclamó el pájaro lori con un escalofrío—
"Ugh!" - mondta a lori madár reszketve
"e incluso Stigand, el patriota arzobispo de Canterbury"
"és még Stigand, Canterbury hazafias érseke is"
"A él también le pareció aconsejable"

"Ő is tanácsosnak találta"
-¿Qué le pareció aconsejable? -dijo el pato-
"Mit talált tanácsosnak?" - kérdezte a kacsa
—Le pareció aconsejable —replicó el ratón con cierto
enfado—
- Tanácsosnak találta - felelte az egér meglehetősen keresztbe
téve
Pero el pato no estaba satisfecho
De a kacsa nem volt elégedett
"Por supuesto, ya sabes lo que significa"
"Természetesen tudod, mit jelent az »ez«"
—Sé lo que es cuando encuentro una cosa —dijo el pato—
- Tudom, mi az, amikor találok valamit - mondta a kacsa
"Generalmente es una rana o un gusano"
"Általában béka vagy féreg"
"La pregunta es, ¿qué encontró el arzobispo?"
"A kérdés az, hogy mit talált az érsek?"
El ratón no se dio cuenta de esta pregunta
Az egér nem vette észre ezt a kérdést
**En cambio, el ratón continuó apresuradamente con el
discurso**
Ehelyett az egér sietve folytatta a beszédet
"le pareció aconsejable ir con Edgar Atheling"
"tanácsosnak találta, hogy Edgar Athelinggel menjen"
"para encontrarme con Guillermo y ofrecerle la corona"
"találkozni Vilmossal és felajánlani neki a koronát"
el ratón continuó, volviéndose hacia Alicia mientras hablaba
az egér folytatta, és Alice-hez fordult, miközben beszélt
—¿Cómo te va ahora, querida?
- Hogy állsz most, kedvesem?
—Tan mojado como siempre —dijo Alicia en tono
melancólico—
- Olyan nedves, mint mindig - mondta Alice melankolikus
hangon
"Esta historia no parece que me seque en absoluto"
"Úgy tűnik, ez a történet egyáltalán nem szárít meg"
—En ese caso —dijo solemnemente el dodo, poniéndose en

pie—
- Ebben az esetben - mondta ünnepélyesen a dodó, talpra állva
"Voto que se levante la sesión"
"Az ülés elnapolására szavazok"
**"y propongo la adopción inmediata de remedios más
enérgicos"**
"és javaslom az energikusabb jogorvoslatok azonnali
elfogadását"
—¡Di palabras de verdad! —dijo el aguilucho—
"Beszélj igazi szavakat!" - mondta a sas
**"No conozco el significado de la mitad de esas palabras
largas"**
"Nem tudom, mit jelent ezeknek a hosszú szavaknak a fele"
—¡Y, lo que es más, tampoco creo que tú lo sepas!
- És mi több, azt hiszem, te sem tudod!
—Lo que iba a decir —dijo el dodo en tono ofendido—
- Mit akartam mondani - mondta a dodó sértett hangon
"Lo mejor para deshacernos sería una contienda electoral"
"A legjobb dolog, hogy szárazra kerüljünk, egy kaukuszi
verseny lenne"
—¿Qué es una contienda electoral? —preguntó Alicia
"Mi az a caucus-race?" - kérdezte Alice

—Bueno —dijo el dodo—, la mejor manera de explicarlo es hacerlo.

- Nos - mondta a dodó -, a legjobb módja annak, hogy megmagyarázzuk, ha megtesszük.

"Primero el dodo trazó un hipódromo"

"Először a dodó jelölt ki egy versenypályát"

"La pista estaba en una especie de círculo"

"A pálya egyfajta körben volt"

"Y luego todo el grupo se colocó a lo largo del recorrido"

"És akkor az egész párt a pálya mentén helyezkedett el"

No hubo "¡Uno, dos, tres y fuera!"

Nem volt "Egy, kettő, három és el!"

pero empezaron a correr cuando quisieron

De akkor kezdtek el futni, amikor kedvük volt

Y tambièn terminaban cuando querían

És akkor is befejezték, amikor tetszett nekik

Así que no era fácil saber cuándo había terminado la carrera

Így nem volt könnyű tudni, mikor ért véget a verseny

Después de media hora más o menos de correr, todos estaban bastante secos

Körülbelül fél óra futás után mind elég szárazak voltak

el dodo gritó de repente: "¡La carrera ha terminado!"

a dodó hirtelen felkiáltott: "A versenynek vége!"

Y todos se agolparon alrededor del dodo

és mindannyian a dodó körül tolongtak

Todos los animales jadeaban y resoplaban

Az összes állat lihegett és puffadt

y todos querían saber: "¿Pero quién ha ganado?"

és mindannyian tudni akarták, "De ki győzött?"

El dodo no pudo responder de inmediato a esta pregunta

Erre a kérdésre a dodó nem tudott azonnal válaszolni

Primero tuvo que pensar mucho

Először sokat kellett gondolkodnia

Después de pensarlo mucho, el Dodo finalmente habló

Hosszas gondolkodás után a dodó végre megszólalt

"Todos han ganado y todos deben tener premios"

"Mindenki nyert, és mindenkinek díjat kell kapnia"

"¿Pero quién va a dar los premios?", preguntó un coro de voces
"De ki adja át a díjakat?" – kérdezte a hangok kórusa
—Bueno, ella, por supuesto —dijo el dodo—
- Hát persze, hogy ő - mondta a dodó
y el dodo señaló con un dedo a Alicia
és a dodó egy ujjal Alice-re mutatott
y todo el grupo de animales se agolpó a su alrededor
és az állatok egész társasága körülötte tolongott
gritaron, de manera confusa: "¡Premios! ¡Premios!"
zavartan kiáltották: "Díjak! Díjak!"
Alicia no tenía ni idea de qué hacer
Alice-nek fogalma sem volt, mit tegyen
Desesperada, se metió la mano en el bolsillo
Kétségbeesésében zsebre dugta a kezét
Y sacó una caja de dulces
És elővett egy doboz édességet
Por suerte, el agua salada no había entrado en la caja
Szerencsére a sós víz nem került a dobozba
Y repartió los dulces como premios
és az édességeket nyereményként adta át
Había exactamente una pieza para todos
Pontosan egy darab volt mindenkinek
Lo siguiente que tenían que hacer era comer los dulces
A következő dolog, amit meg kellett tenniük, az volt, hogy megették az édességeket
Esto causó algo de ruido y confusión
Ez némi zajt és zavart okozott
Los grandes pájaros se quejaban de que no podían saborear sus dulces
A nagy madarak panaszkodtak, hogy nem tudják megkóstolni édességeiket
Los pequeños se ahogaron y hubo que darles palmaditas en la espalda
A kicsik megfulladtak, és hátba kellett veregetni őket
Sin embargo, al fin se acabó
Végre azonban vége volt

y se sentaron de nuevo en un anillo
és újra leültek egy gyűrűben
Y le rogaron al ratón que les dijera algo más
És könyörögtek az egérnek, hogy mondjon nekik még valamit
—Prometiste contarme tu historia, ¿sabes? —dijo Alicia—
- Megígérted, hogy elmondod nekem a történetedet, tudod -
mondta Alice
E hizo otro pequeño comentario sobre los gatos en un
susurro
És suttogva tett még egy kis megjegyzést a macskákról
No quería volver a ofender al ratón
Nem akarta újra megsérteni az egeret
el ratoncito se volvió hacia Alicia y suspiró
a kis egér Alice-hez fordult, és felsóhajtott
—¡La mía es una larga y triste historia!
"Az enyém hosszú és szomorú mese!"
—Es una cola larga, sin duda —dijo Alicia—
- Ez egy hosszú farok, természetesen - mondta Alice
Y miró con asombro la cola del ratón
és csodálkozva nézett le az egér farkára
—¿Pero por qué le llamas cola triste?
- De miért nevezed szomorú faroknak?
Y ella seguía desconcertada al respecto mientras el ratón
hablaba
És tovább töprengett ezen, miközben az egér beszélt
de modo que su idea del cuento era más o menos así
úgy, hogy a mese ötlete valami ilyesmi volt

"Fury said to
a mouse, That
he met in the
house, 'Let
us both go
to law: *I*
will prosecute
you.——
Come, I'll
take no denial:
We must have
the trial;
For really
this morning
I've
nothing
to do.'
Said the
mouse to
the cur,
'Such a
trial, dear
sir, With
no jury
or judge,
would
be wasting
our
breath.'
'I'll be
judge,
I'll be
jury,'
said
cunning
old
Fury;
'I'll
try
the
whole
cause,
and
condemn
you to
death.'"

Furia le dijo a un ratón: "Que se encontró en la casa"
Fury azt mondta egy egérnek: Hogy találkozott a házban"
Vayamos los dos a la ley: yo te procesaré
Forduljunk mindketten a törvényhez: vádat emelek ellened
Vamos, no aceptaré ninguna negación: debemos tener el juicio
Gyere, nem tagadom: meg kell tartanunk a tárgyalást
Porque realmente esta mañana no tengo nada que hacer
Mert ma reggel tényleg nincs mit tennem
Dijo el ratón al cur;
- mondta az egér a curnak;

Un juicio así, querido señor, sin jurado ni juez, sería una pérdida de aliento

Egy ilyen tárgyalás, kedves uram, esküdtszék és bíró nélkül, lélegzetvisszafojtást jelentene

—**Seré juez, seré jurado** —dijo el astuto viejo Fury—

"Bíró leszek, esküdtszék" – mondta a ravasz öreg Fury

Juzgaré toda la causa y te condenaré a muerte

Megpróbálom az egész ügyet, és halálra ítéllek

el ratón le habló severamente a Alicia

az egér komolyan beszélt Alice-hez

"¡No estás prestando atención!"

"Nem figyelsz!"

—**¿En qué estás pensando?**

- Mire gondolsz?

—**Le ruego que me perdone** —dijo Alicia muy humildemente—

- Bocsánatot kérek - mondta Alice nagyon alázatosan

– **¿Habías llegado a la quinta curva, creo?**

- Azt hiszem, eljutottál az ötödik kanyarhoz?

"¡Me insultas diciendo tales tonterías!"

"Megsértesz azzal, hogy ilyen ostobaságokat beszélsz!"

Y el ratón se levantó y se alejó

és az egér felállt és elment

Alicia llamó al ratoncito

Alice a kis egér után hívott

"¡Por favor, regresa y termina tu historia!"

"Kérlek, gyere vissza, és fejezd be a történetedet!"

Y todos los demás se unieron a coro

És a többiek mind kórusban csatlakoztak

"¡Sí, por favor, termine su historia!"

"Igen, kérlek, fejezd be a történetedet!"

Pero el ratón se limitó a negar con la cabeza con impaciencia

De az egér csak türelmetlenül rázta a fejét

Y el ratoncito caminó un poco más rápido

És a kis egér egy kicsit gyorsabban sétált

—**¡Ojalá tuviera aquí a Dinah, nuestra gata!** —dijo Alicia—

"Bárcsak itt lenne Dinah, a macskánk!" – mondta Alice

Esto causó una notable sensación entre el grupo

Ez figyelemre méltó szenzációt okozott a párt körében

Algunos de los pájaros se apresuraron a huir de inmediato

Néhány madár egyszerre sietett el

y un canario gritó con voz temblorosa a sus hijos;

és egy kanári remegő hangon kiáltott gyermekeihez;

—¡Váyanse, queridos míos!

- Gyertek el, kedveseim!

"¡Ya es hora de que estén todos en la cama!"

"Itt az ideje, hogy mindannyian ágyban legyetek!"

Con varias excusas se fueron todos

Különböző kifogásokkal mindannyian elmentek

y Alicia no tardó en quedarse sola

és Alice hamarosan egyedül maradt

—¡Ojalá no hubiera mencionado a Dinah!

- Bárcsak ne említettem volna Dinah-t!

"Parece que a nadie le gusta aquí abajo"

"Úgy tűnik, senki sem szereti őt itt lent"

—¡Pero estoy seguro de que es la mejor gata del mundo!

"De biztos vagyok benne, hogy ő a legjobb macska a világon!"

La pobre Alicia se echó a llorar de nuevo

Szegény Alice újra sírni kezdett

porque se sentía muy sola y desanimada

mert nagyon magányosnak és alacsony szelleműnek érezte
magát

Al cabo de un rato, sin embargo, volvió a oír algo

Kis idő múlva azonban ismét hallott valamit

un pequeño golpeteo de pasos a lo lejos

egy kis léptekkel pattogva a távolban

Y ella miró hacia arriba ansiosamente

és mohón felnézett

Era el conejo blanco, que volvía trotando lentamente
A fehér nyúl volt, lassan ügetve vissza
Miraba a su alrededor ansiosamente mientras se alejaba
Aggódva nézett körül, ahogy ment
Parecía como si hubiera perdido algo
Úgy nézett ki, mintha elveszített volna valamit
Alicia le oyó murmurar para sí misma
Alice hallotta, amint magában motyogja
—¡La duquesa! ¡La duquesa! ¡Oh, mis queridas patas!
"A hercegnő! A hercegnő! Ó, kedves mancsaim!"
—¡Oh, mi pelo y mis bigotes!
- Ó, a szőröm és a bajuszom!
"Ella hará que me ejecuten, estoy seguro de eso"
"Ki fog végezni, ebben biztos vagyok"
—¡Tan cierto como que los hurones son hurones!
"Éppoly biztos, mint a görények görények!"
"¿Dónde puedo haber dejado mis cosas, me pregunto?"
"Hol dobhattam le a dolgaimat, kíváncsi vagyok?"

Alicia adivinó en un momento lo que estaba buscando
Alice egy pillanat alatt kitalálta, mit keres
Buscaba el abanico de plumas
A tolllegyezőt kereste
Y buscaba el par de guantes blancos
És kereste a pár fehér kesztyűt
Así que ella, muy bondadosamente, comenzó a buscar los guantes
Tehát nagyon jóindulatúan elkezdte keresni a kesztyűt
Y también buscó el abanico de plumas
És kereste a tolllegyezőt is
Pero los guantes y el abanico de plumas no se veían por ninguna parte
De a kesztyűt és a tollventilátort sehol sem lehetett látni
Todo parecía haber cambiado desde que se bañó en la piscina
Úgy tűnt, hogy minden megváltozott, mióta úszott a medencében
Nada era igual desde que estaba en el Gran Salón
Semmi sem volt ugyanaz, mióta a nagyteremben volt
y la mesa de cristal había desaparecido
és az üvegasztal eltűnt
Y la puertecita tampoco estaba allí
És a kis ajtó sem volt ott
Muy pronto el conejo se fijó en Alicia
Hamarosan a nyúl észrevette Alice-t
—la llamó en tono airado
Dühös hangon szólította meg
—Mary Ann, ¿qué haces aquí?
- Mary Ann, mit csinálsz itt?
"Corre a casa en este momento"
"Fuss haza ebben a pillanatban"
—¡Y tráeme un par de guantes y un abanico de plumas!
"És hozz nekem egy pár kesztyűt és egy tolllegyezőt!"
—¡Y date prisa!
"És légy gyors!"
Alicia se habló a sí misma mientras salía corriendo

Alice megszólalt magában, miközben elszaladt
—¡Debe de haberme confundido con su criada!
- Biztosan összetévesztett engem a szobalányával!
"¡Qué sorpresa se quedará cuando se entere de quién soy!"
"Mennyire meg fog lepődni, amikor megtudja, ki vagyok!"
Al decir esto, se encontró con una casita pulcra
Miközben ezt mondta, egy takaros kis házra bukkant
En la puerta de la casa había una placa de bronce brillante
A ház ajtaján fényes sárgaréz lemez volt
"W. CONEJO"
"W. NYÚL"
Entró sin llamar a la puerta
Bement anélkül, hogy kopogtatott volna az ajtón
Y se apresuró a subir las escaleras
és egyenesen az emeletre sietett
le preocupaba conocer a la verdadera Mary Ann
aggódott, hogy talán találkozik az igazi Mary Ann-nel
porque entonces la echarían de la casa
mert akkor kifordítanák a házból
Y no sería capaz de encontrar el abanico de plumas y los guantes
És nem találná meg a tollventilátort és a kesztyűt
Alicia había encontrado el camino hacia una pequeña habitación ordenada
Alice megtalálta az utat egy rendezett kis szobába
En la habitación había una mesa junto a la ventana
A szobában volt egy asztal az ablak mellett
y sobre la mesa había un abanico de plumas
És az asztalon egy tollrajongó volt
Y había dos o tres pares de diminutos guantes blancos
és volt két-három pár apró fehér kesztyű
Cogió el abanico de plumas y un par de guantes
Felvette a tolllegyezőt és egy pár kesztyűt
Y estaba a punto de salir de la habitación
és éppen el akarta hagyni a szobát
Pero entonces sus ojos se posaron en una botellita
De aztán a szeme egy kis üvegre esett

Descorchó la botella y se la llevó a los labios
Kibontotta az üveget, és az ajkához tette
"Espero que me haga crecer de nuevo"
"Remélem, hogy ettől újra nagyra nőök"
"¡Estoy cansada de ser una cosita tan pequeña!"
"Elegem van abból, hogy ilyen apró apróság vagyok!"
Alicia apenas se había bebido la mitad de la botella
Alice alig itta meg az üveg felét
Su cabeza ya estaba presionada contra el techo
A feje már a mennyezethez nyomódott
Y tuvo que agacharse
és le kellett hajolnia
para salvar su cuello de ser roto
hogy megmentse a nyakát a töréstől
Dejó apresuradamente la botella
Sietve letette az üveget
"Con eso basta"
"Ez elég"
"Espero no crecer más"
"Remélem, nem növök tovább"
¡Ay! ¡Era demasiado tarde para desearlo!
Sajnos! Túl késő volt ezt kívánni!
Ella siguió creciendo y creciendo
Egyre nőtt és nőtt
y muy pronto tuvo que arrodillarse en el suelo
És hamarosan le kellett térdelnie a padlóra
Y aun así siguió creciendo
És még akkor is tovább nőtt
Como último recurso, sacó un brazo por la ventana
Utolsó erőforrásként kinyújtotta az egyik karját az ablakon
Y metió un pie por la chimenea
és egyik lábát feltette a kéményre
"Ahora no puedo hacer más, pase lo que pase"
"Most már nem tehetek többet, bármi is történik"
—¿Qué será de mí?
"Mi lesz velem?"

Alicia tuvo un poco de suerte
Alice-nek szerencséje volt
La pequeña botella mágica había tenido todo su efecto
A kis varázspalack teljes hatását érezte
y Alicia no creció más de lo que era
és Alice nem nőtt nagyobbra, mint amilyen volt
Al cabo de unos minutos oyó una voz en el exterior
Néhány perc múlva egy hangot hallott odakint
Y se detuvo a escuchar la voz
És megállt, hogy meghallgassa a hangot
—¡María Ana! ¡Mary Ann! -dijo la voz-
"Mary Ann! Mary Ann!" – mondta a hang
"¡Tráeme mis guantes en este momento!"
"Hozd el nekem a kesztyűmet ebben a pillanatban!"
Luego se oyó un pequeño golpeteo de pies en la escalera
Aztán jött egy kis lábdobogás a lépcsőn
Alicia supo que era el conejo que venía a buscarla
Alice tudta, hogy a nyúl jön, hogy megkeresse őt
Y tembló hasta hacer temblar la casa
és addig reszketett, amíg meg nem rázta a házat

Se olvidó por completo de sus proporciones
Teljesen elfelejtette, hogy milyen arányok vannak
Era mil veces más grande que el conejo
Ezerszer akkora volt, mint a nyúl
Y no tenía por qué temer a un conejo
És nem volt oka félni egy nyúltól
De pronto, el conejo se acercó a la puerta
Ekkor a nyúl odajött az ajtóhoz
Y el conejito trató de abrir la puerta
És a kis nyúl megpróbálta kinyitni az ajtót
La puerta comenzó a abrirse hacia adentro
Az ajtó befelé kezdett nyílni
pero el codo de Alicia estaba apretado con fuerza contra la puerta
de Alice könyökét erősen az ajtóhoz nyomta
Ese intento resultó un fracaso
Ez a kísérlet kudarcnak bizonyult
Alicia oyó que el conejo se hablaba a sí mismo
Alice hallotta, hogy a nyúl magában beszél
"Entonces daré la vuelta y entraré por la ventana"
"Akkor körbemegyek, és bejutok az ablakon"
«¡Que no lo harás!», pensó Alicia
"Hogy nem fogsz!" - gondolta Alice
Y volvió a esperar un poco
És megint várt egy kicsit;
Pronto oyó al conejo justo debajo de la ventana
Hamarosan meghallotta a nyulat az ablak alatt
De repente extendió la mano
Hirtelen széttárta a kezét
Y ella hizo un arrebato en el aire
És megragadta a levegőt
No se apoderó de nada
Nem kapott semmit
Pero oyó un pequeño alarido y una caída
De hallott egy kis sikolyt és egy esést
Y oyó el estrépito de cristales rotos
és hallotta a törött üveg csattanását

Tal vez el conejo se había caído
Talán a nyúl esett
Tal vez estaba en un invernadero
Talán egy zöld házban volt
Luego se oyó una voz airada; La voz del conejo
Ezután egy dühös hang jött; a nyúl hangja
"Pat, ¿dónde estás?"
- Pat, hol vagy?
Y entonces llegó una voz que nunca antes había oído
Aztán jött egy hang, amit még soha nem hallott
"¡Su señoría, estoy aquí!"
- Becsületedre, itt vagyok!
"Estoy cavando en busca de manzanas"
"Almát ások"
"¡Aquí! ¡Ven y ayúdame a salir de esto!"
"Itt! Gyere és segíts nekem ebben!"
—Ahora dime, Pat, ¿qué es eso que hay en la ventana?
- Most mondd meg, Pat, mi van az ablakban?
"Claro, su señoría, se lo diré"
"Persze, becsületedre, megmondom"
"¡Es un brazo que está en la ventana!"
"Ez egy kar, ami az ablakban van!"
"Bueno, un brazo no tiene nada que hacer allí"
"Nos, egy karnak ott nincs dolga"
"¡Ve y quítate el brazo!"
- Menj, és vedd el a karját!
Hubo un largo silencio después de esto
Ezután hosszú csend következett
y Alicia sólo podía oír susurros de vez en cuando
és Alice csak néha hallott suttogást
Y, por fin, volvió a extender la mano
és végül ismét kinyújtotta a kezét
Y ella hizo otro arrebato en el aire
És még egy fogást tett a levegőbe
Esta vez hubo dos pequeños chillidos
Ezúttal két kis sikoly hallatszott
y se escucharon más sonidos de vidrios rotos

És több törött üveghang hallatszott
«¡Me pregunto qué harán ahora!», pensó Alicia
"Kíváncsi vagyok, mit fognak csinálni legközelebb!" - gondolta
Alice
"Ojalá me sacaran por la ventana"
"Bárcsak kihúznának az ablakon"
Esperó un buen rato
Várt egy ideig
Pero durante un rato no oyó nada más
De egy ideig nem hallott többet
Por fin se oyó el estruendo de unas ruedas
Végre kis kerekek dübörgése hallatszott
Y se oyó el sonido de muchas voces
és jó sok hang hallatszott
Todas las voces hablaban al unísono
Minden hang együtt beszélt
Pudo distinguir algunas de las palabras
Ki tudott találni néhány szót
—¿Dónde está la otra escalera?
- Hol van a másik létra?
"Bill tiene la otra escalera"
"Billé a másik létra"
"¡Bill, ven aquí!"
- Bill, gyere ide!
—¿Soportará el techo la carga?
"A tető elbírja a terhet?"
—¿Quién quiere bajar por la chimenea?
- Ki akar lemenni a kéményen?
—¡No, no lo haré! ¡Tú lo haces!"
"Nem, nem fogom! Te csinálod!"
—¡Aquí, Bill!
- Itt, Bill!
"¡El maestro dice que tienes que bajar por la chimenea!"
- A mester azt mondja, hogy le kell menned a kéményen!
Alicia arrastró el pie por la chimenea todo lo que pudo
Alice olyan messzire húzta a lábát a kéményen, amennyire
csak tudta

Y luego esperó a ver lo que venía
Aztán várta, hogy lássa, mi jön
Escuchó a un animalito arañar y revolver
Hallotta, hogy egy kis állat kaparja és tülekedik
El animalito debe estar en la chimenea
a kis állatnak a kéményben kell lennie
Luego dio una fuerte patada
Aztán adott egy éles rúgást
Y esperó a ver qué pasaría después
És várta, hogy mi fog történni ezután
Oyó un coro general de voces
Hangok általános kórusát hallotta
"¡Ahí va Bill!", dijeron todos
"Ott megy Bill!" - mondták mindannyian
Entonces oyó solo la voz del conejo
Aztán egyedül hallotta a nyúl hangját
"¡Tú por el seto, atrápalo!"
- Te a sövénynél, kapd el!
Hubo otro momento de silencio
Újabb pillanatnyi csend következett
Y entonces hubo otra confusión de voces
Aztán újabb hangzavar támadt
"Levanta la cabeza, Brandy"
- Tartsa fel a fejét, Brandy!
"Ten cuidado de no asfixiarlo"
"Vigyázz, hogy ne fojtsd meg"
—¿Qué te pasó?
- Mi történt veled?
Por último, llegó una vocecita débil y chillona
Utoljára egy kissé gyenge, nyikorgó hang jött
"Bueno, ya casi no sé"
"Nos, alig tudok többet"
"Gracias a todos, ahora estoy mejor"
"köszönöm mindenkinek, most már jobban vagyok"
"Hay una cosa que puedo recordar"
"Egy dologra emlékszem"
"Algo viene hacia mí como un tren en un túnel"

"Valami jön felém, mint egy vonat az alagútban"
"¡Y vuelo hacia arriba como un cohete!"
"És felfelé repülök, mint egy égi rakéta!"
Hubo uno o dos minutos de silencio
Egy-két perc csend következett
Y entonces empezaron a moverse de nuevo
Aztán újra mozogni kezdtek
y Alicia oyó hablar de nuevo al Conejo
és Alice újra hallotta a Nyulat beszélni
"Un túmulo servirá, para empezar"
"Először is egy barrowful megteszi"
«¿Un túmulo lleno de qué?», pensó Alicia
"Miből egy barrow?" - gondolta Alice
Pero no la mantuvieron en suspenso por mucho tiempo
De nem sokáig tartották felfüggesztve
Una lluvia de guijarros entró por la ventana
Kis kavicsok zápora jött be az ablakon
Y algunas de las piedrecitas le golpearon en la cara
és néhány apró kavics arcon ütötte
Alicia se sorprendió por los guijarros
Alice meglepődött a kis kavicsokon
Todos los guijarros se estaban convirtiendo en pasteles
Az összes apró kavics süteményré változott
Y una idea brillante se le ocurrió
És egy ragyogó ötlet jött a fejébe
"Debería comerme uno de estos pasteles"
"Meg kellene ennem egy ilyen süteményt"
"El pastel seguramente hará algún cambio en mi tamaño"
"A torta biztosan változtat a méretemen"
Así que se tragó uno de los pasteles
Így lenyelte az egyik süteményt
Y se alegró al descubrir que empezaba a encogerse
És örömmel tapasztalta, hogy zsugorodni kezdett
Pronto fue lo suficientemente pequeña como para pasar por la puerta
Hamarosan elég kicsi volt ahhoz, hogy bejusson az ajtón
Salió corriendo de la casa

Kiszaladt a házból
Una multitud de animalitos y pájaros esperaban afuera
Kis állatok és madarak tömege várakozott kint
todos los pajaritos y animales se abalanzaron sobre Alicia
az összes kis madár és állat Alice-re rohant
Pero ella huyó lo más rápido que pudo
De elszaladt, amilyen gyorsan csak tudott
Y pronto se encontró a salvo en un espeso bosque
És hamarosan biztonságban találta magát egy sűrű erdőben
Alicia vagaba por el bosque
Alice az erdőben kóborolt
Y pensó para sí misma:
És azt gondolta magában:
"Sé lo que tengo que hacer primero"
"Tudom, mit kell először tennem"
"Primero tengo que volver a crecer hasta el tamaño adecuado"
"először újra a megfelelő méretre kell nőnöm"
"Y luego tengo que encontrar mi camino hacia ese hermoso jardín"
"és akkor meg kell találnom az utat abba a szép kertbe"
"Supongo que debería comer o beber una cosa u otra"
"Azt hiszem, ennem vagy innom kellene valamit vagy mást"
"Pero la pregunta es ¿qué debo comer o beber?"
"De a kérdés az, hogy mit egyek vagy igyak?"
Alicia miró a su alrededor las flores
Alice körülnézett a virágokon
Y miró a través de las briznas de hierba
És átnézett a fűszálakon
pero no podía ver nada de comer ni de beber
De nem látott semmit enni vagy inni
Nada parecía ser lo adecuado para comer o beber
Semmi sem tűnt megfelelőnek enni vagy inni
Había un gran hongo creciendo cerca de ella
Egy nagy gomba nőtt a közelében
el hongo tenía aproximadamente la misma altura que Alicia
a gomba körülbelül ugyanolyan magas volt, mint Alice;

Se estiró de puntillas
Lábujjhegyre nyújtózkodott
Y se asomó por el borde del hongo
És átkukucskált a gomba szélén
**Sus ojos se encontraron inmediatamente con los ojos de una
gran oruga azul**
A szeme azonnal találkozott egy nagy kék hernyó szemével
La oruga estaba sentada en la parte superior del hongo
A hernyó a gomba tetején ült
y la oruga se había cruzado de brazos
és a hernyó keresztbe tette az összes karját
Y estaba fumando tranquilamente una larga cachimba
És csendesen szívott egy hosszú vízipipa
y no hizo la menor atención a nada
és a legcsekélyebb figyelmet sem vette semmire
y ciertamente no le prestó atención a Alicia
és biztosan nem figyelt Alice-re

Consejos de una oruga

Tanácsok egy hernyótól

Por fin, la oruga se quitó la pipa de la boca
Végül a hernyó kivette a vízipipát a szájából
y se dirigió a Alicia con voz lánguida y soñolienta
és bágyadt, álmos hangon szólította meg Alice-t
—¿Quién eres? —preguntó la oruga
"Ki vagy te?" - kérdezte a hernyó

Alicia respondió, con cierta timidez: "No lo sé, señor"
Alice meglehetősen félénken válaszolt: - Alig tudom, uram
"Justo en este momento está todo un poco..."
"Csak abban a pillanatban minden egy kicsit..."
"Sé quién era cuando me levanté esta mañana"
"Tudom, ki voltam, amikor ma reggel felkeltem."
"pero creo que debo haber cambiado varias veces desde entonces"
"de azt hiszem, azóta többször is meg kellett változnom"
—¿Qué quieres decir con eso? —dijo la oruga—
"Mit értesz ez alatt?" – kérdezte a hernyó
Con severidad, la oruga le pidió que se explicara

A hernyó szigorúan megkérte, hogy magyarázza meg magát
—Me temo que no puedo explicarme, señor —dijo Alicia—
- Nem tudom megmagyarázni magam, attól tartok, uram -
mondta Alice
"porque no soy yo mismo"
"mert nem vagyok önmagam"
"Verás, tener tantos tamaños diferentes en un día es muy
confuso"
"Látod, ennyi különböző méret egy nap alatt nagyon zavaró"
Se incorporó y dijo muy gravemente:
Felhúzta magát, és nagyon komolyan mondta:
"Creo que primero deberías decirme quién eres"
"Azt hiszem, először meg kellene mondanod, ki vagy"
"¿Por qué?", dijo la oruga
"Miért?" – kérdezte a hernyó
Alicia no se le ocurría ninguna buena razón
Alice nem jutott eszébe semmi jó ok
Y la oruga parecía estar en un estado de ánimo muy
desagradable
És úgy tűnt, hogy a hernyó nagyon kellemetlen lelkiállapotban
van
Así que se dio la vuelta
Ezért elfordult
"¡Vuelve!", la oruga la llamó
"Gyere vissza!" - kiáltotta utána a hernyó
"¡Tengo algo importante que decir!"
"Van valami fontos mondanivalóm!"
Alicia se dio la vuelta y volvió otra vez
Alice megfordult, és újra visszajött
—Mantén la calma —dijo la oruga—
- Tartsd meg a türelmedet - mondta a hernyó
-¿Eso es todo? -preguntó Alicia
"Ez minden?" – kérdezte Alice
Y se tragó su rabia lo mejor que pudo
és lenyelte a haragját, ahogy csak tudta
—No —dijo la oruga—
- Nem - mondta a hernyó

La oruga desplegó sus brazos
A hernyó kinyitotta a karját
Y volvió a sacarse la pipa de la boca
És újra kivette a vízipipát a szájából
y él dijo: "Así que Ud. piensa que Ud. ha cambiado,
¿verdad?"
és azt mondta: "Tehát azt hiszed, hogy megváltoztál, ugye?"
—Me temo, he cambiado, señor —dijo Alicia—
- Félek, megváltoztam, uram - mondta Alice
"No puedo recordar las cosas como solía recordarlas"
"Nem emlékszem úgy a dolgokra, mint régen"
"¡Y no me quedo del mismo tamaño por más de diez
minutos!"
"És nem maradok ugyanabban a méretben tíz percnél tovább!"
"¿Qué tamaño quieres tener?", preguntó la oruga
"Milyen méretű akarsz lenni?" – kérdezte a hernyó
—Oh, no me importa especialmente el tamaño que tenga —
respondió Alicia apresuradamente—
- Ó, nem különösebben bánom, hogy mekkora vagyok -
válaszolta Alice sietve
"Simplemente no me gusta cambiar de tamaño tan a
menudo, ya sabes"
"Egyszerűen nem szeretem olyan gyakran megváltoztatni a
méretet, tudod"
"Me gustaría ser un poco más grande, señor"
- Szeretnék egy kicsit nagyobb lenni, uram
—Si no te importa —añadió Alicia—
- Ha nem bánnád - tette hozzá Alice
"Diez centímetros es una altura tan miserable para ser"
"Tíz centiméter olyan nyomorult magasság"
-¡Es una altura muy buena! -exclamó la oruga con rabia-
"Valóban nagyon jó magasság!" - mondta a hernyó dühösen
Y se irguió mientras hablaba
és beszéd közben felegyenesedett
Medía exactamente diez centímetros de alto
Pontosan tíz centiméter magas volt
En uno o dos minutos, la oruga bajó del hongo

Egy-két perc múlva a hernyó leereszkedett a gombáról
Y se arrastró por la hierba
és elkúszott a fűbe
Al alejarse, hizo algunas pequeñas observaciones
Ahogy elment, tett néhány apró megjegyzést
"Un lado te hará crecer más alto"
"Az egyik oldalon magasabb leszel"
"Y el otro lado te hará acortar"
"És a másik oldalon rövidebb leszel"
«¿Un lado de qué?», pensó Alicia para sí misma
"Minek az egyik oldala?" - gondolta magában Alice;
—¿El otro lado de qué?
- Mi a másik oldala?
—El costado del hongo —dijo la oruga—
- A gomba oldala - mondta a hernyó
Era como si hubiera hecho su pregunta en voz alta
Olyan volt, mintha hangosan tette volna fel a kérdését
Y en otro momento, se perdió de vista
És egy másik pillanatban eltűnt a látóköréből
Alicia se quedó mirando pensativa el hongo
Alice továbbra is elgondolkodva nézte a gombát
Estaba tratando de distinguir cuáles eran los dos lados del hongo
Megpróbálta kitalálni, hogy melyik a gomba két oldala
Por fin, estiró los brazos alrededor de la seta
Végül kinyújtotta karját a gomba körül
Y rompió un poco los bordes
És egy kicsit letörte a széleit
"Y ahora, ¿qué lado es cuál?", se dijo a sí misma
"És most melyik oldal melyik?" - kérdezte magában
Y mordisqueó un poco de la parte de la mano derecha
És egy kicsit megrágta a jobb oldali bitet
Al momento siguiente sintió un violento golpe debajo de la barbilla
A következő pillanatban heves ütést érzett az álla alatt
¡Su barbilla había golpeado su pie!
Az álla megütötte a lábát!

Estaba bastante asustada por este cambio tan repentino
Nagyon megijedt ettől a hirtelen változástól
Se estaba encogiendo muy rápidamente
Nagyon gyorsan zsugorodott
Así que rápidamente se comió un poco del otro trozo de champiñón
Így gyorsan megette a másik darab gombát
Su barbilla estaba muy presionada contra su pie
Az állát nagyon szorosan a lábához nyomta
Apenas había espacio para abrir la boca
alig volt hely kinyitni a száját
Pero al fin logró abrir la boca
De végre sikerült kinyitnia a száját
Y tragó un bocado del pedazo de la mano izquierda
és lenyelt egy falatot a bal oldali bitből
-¡Por fin me han liberado la cabeza! -exclamó Alicia-
"Végre kiszabadították a fejem!" – mondta Alice
Se miró a sí misma
Lenézett magára
Pero todo lo que podía ver era una inmensa longitud de cuello
De csak egy roppant hosszú nyakat látott
Su cuello parecía elevarse como un tallo
A nyaka úgy tűnt, hogy felemelkedik, mint egy szár
Y miró hacia abajo sobre un mar de hojas verdes
és lenézett a zöld levelek tengerére
—¿A dónde han llegado mis hombros?
- Hová került a vállam?
"Y oh, mis pobres manos, ¿cómo es que no puedo verte?"
- És ó, szegény kezem, hogy lehet az, hogy nem látlak?
Pero su cuello tenía un beneficio
De a nyakának volt egy előnye
Podía mover la cabeza en cualquier dirección
Bármilyen irányba mozgathatta a fejét
De hecho, era como una serpiente
Valójában olyan volt, mint egy kígyó
Ella zigzagueó con gracia con la cabeza hacia abajo

Kecsesen cikcakkban lehajtotta a fejét
Y movió la cabeza entre los árboles
És mozgatta a fejét a fák között
Pero entonces oyó un silbido agudo
De aztán éles sziszegést hallott
Y rápidamente echó la cabeza hacia atrás
és gyorsan visszahúzta a fejét
Una gran paloma había volado hacia su cara
Egy nagy galamb repült az arcába
y la paloma se agitó violentamente con sus alas
És a galamb erőszakosan volt a szárnyaival

-¡Serpiente! -exclamó la paloma-
"Kígyó!" kiáltotta a galamb
-¡No soy una serpiente! -exclamó Alicia indignada-
"Nem vagyok kígyó!" – mondta Alice felháborodottan
"¡Déjame en paz!"
- Hagyj békén!
"He probado las raíces de los árboles"

"Kipróbáltam a fák gyökereit"
—Y he probado setos —prosiguió la paloma—
- És kipróbáltam a sövényeket - folytatta a galamb
—¡Pero esas serpientes! ¡No hay forma de complacerlos!"
"De azok a kígyók! Nincs kedvük hozzájuk!"
Alicia estaba cada vez más desconcertada
Alice egyre zavartabb volt
**-Como si ya fuera bastante trabajo incubar los huevos -dijo
la paloma-**
- Mintha nem lenne elég gond a tojások kikeltetésével -
mondta a galamb
—¡De noche y de día también tengo que estar atento a las
serpientes!
"éjjel-nappal vigyáznom kell a kígyókra is!"
"Acababa de encontrar el árbol más alto del bosque"
"Most találtam meg az erdő legmagasabb fáját"
—¿Estaría libre de serpientes aquí?
- Biztosan itt megszabadulnék a kígyóktól?
"¡Y sale una serpiente del cielo!"
"És kígyó jön ki az égből!"
-¡Pero yo no soy una serpiente, te lo aseguro! -dijo Alicia-
"De én nem vagyok kígyó, mondom neked!" – mondta Alice
"Soy un... Soy un... Soy una niña —añadió con cierta duda—
"Egy... Egy... Kislány vagyok – tette hozzá meglehetősen
kételkedve
Después de todo, había estado pasando por muchos cambios
Végül is sok változáson ment keresztül
—Estás buscando huevos —dijo la paloma—
- Tojást keresel - mondta a galamb
"Lo sé con certeza"
"Ezt tényként tudom"
—¿Y qué importa si eres una niña o una serpiente?
"És mit számít, ha kislány vagy kígyó vagy?"
—A mí me importa mucho —dijo Alicia apresuradamente—
- Nagyon sokat számít nekem - mondta Alice sietve
"pero no estoy buscando huevos, como suele ser"
"de nem keresek tojást, ahogy történik"

"Y de todos modos no querría tus huevos"
"és amúgy sem akarnám a tojásaidat"
"No me gustan los huevos crudos"
"Nem szeretem a tojásaimat nyersen"
-¡Pues váyase! -dijo la paloma en tono malhumorado-
"Nos, akkor indulj el!" - mondta a galamb mogorva hangon
Y la paloma se instaló de nuevo en su nido
és a galamb ismét letelepedett a fészkébe
Alicia se agachó entre los árboles lo mejor que pudo
Alice lekuporodott a fák közé, ahogy csak tudott
Su cuello no dejaba de enredarse entre las ramas
A nyaka folyton belegabalyodott az ágak közé
De vez en cuando tenía que detenerse y desenroscar el cuello
Hébe-hóba meg kellett állnia, és ki kellett csavarnia a nyakát
Al cabo de un rato se acordó de la seta
Egy idő után eszébe jutott a gomba
Todavía sostenía los trozos de hongo en sus manos
Még mindig a kezében tartotta a gombadarabokat
Y se puso a trabajar con mucho cuidado
És nagyon óvatosan munkához látott
Primero mordisqueó una pieza
Először egy darabot rágcsált
Y luego mordisqueó la otra pieza
Aztán a másik darabot rágcsálta
A veces crecía
néha magasabb lett
y a veces se acortaba
és néha rövidebb lett
pero finalmente alcanzó su altura habitual
De végül elérte a szokásos magasságát
Hacía tiempo que no era de su estatura
Egy ideje nem volt a saját magassága
Así que todo se sintió extraño por un tiempo
Szóval egy ideig minden furcsának tűnt
"Lo siguiente que hay que hacer es entrar en ese hermoso jardín"
"A következő dolog, amit meg kell tennie, hogy bejusson abba

a gyönyörű kertbe"
—¿Cómo se va a hacer eso, me pregunto?
"Hogy lehet ezt csinálni, kíváncsi vagyok?"
Al decir esto, llegó a un lugar abierto
Miközben ezt mondta, egy nyitott helyre bukkant
Había una casita, un poco más de un metro de altura
Volt egy kis ház, valamivel magasabb, mint egy méter
"Me pregunto quién vive en esta casita"
"Kíváncsi vagyok, ki lakik ebben a kis házban"
"Ciertamente no puedo entrar tan grande como soy"
"Biztosan nem tudok olyan nagyot bemenni, mint amilyen
vagyok"
—¡Los asustaría terriblemente!
"Rettenetesen megijeszteném őket!"
Así que volvió a mordisquear el pequeño champiñón
Így hát megint a kis gombát rágcsálta
Y pronto bajó treinta centímetros
és hamarosan harminc centiméterrel lejjebb vitte magát

Un cerdo y un poco de pimienta

Egy disznó és egy kis bors

Durante uno o dos minutos se quedó mirando la casa

Egy-két percig csak állt, és nézte a házat

De repente, un lacayo salió corriendo del bosque

Hirtelen egy gyalogos futott ki az erdőből

Vestía un uniforme especial

Különleges festésű egyenruhát viselt

A juzgar solo por su rostro, ella lo habría llamado pez

Csak az arcából ítélve halnak nevezte volna

Y golpeó fuertemente la puerta con los nudillos

És hangosan kopogtatott az ajtón a csuklójával

La puerta fue abierta por otro lacayo

Az ajtót egy másik gyalogos nyitotta ki

Este lacayo también llevaba una librea especial

Ez a gyalogos is különleges ruhát viselt

Este lacayo tenía una cara redonda y ojos grandes como los de una rana

Ennek a gyalogosnak kerek arca és nagy szeme volt, mint egy béka

El lacayo, que parecía un pez, inició la ceremonia
A halnak látszó gyalogos kezdeményezte a szertartást
Sacó algo de debajo de su brazo
Kihúzott valamit a hóna alól
Y sacó de debajo del brazo un sobre
és kihúzott a hóna alól egy borítékot
Y este sobre se lo entregó al otro lacayo
és ezt a borítékot átadta a másik gyalogosnak
En tono ceremonioso le comunicó las órdenes
Ünnepélyes hangon elmondta neki a parancsokat
"Este mensaje es para la duquesa"
"Ez az üzenet a hercegnőnek szól"
"Una invitación de la reina a jugar al croquet"
"Meghívás a királynőtől krokettezni"
El lacayo, que parecía una rana, repitió la orden
A békának látszó gyalogos megismételte a parancsot
"De la Reina"
"A királynőtől"
"Una invitación"
"Meghívó"
"para la duquesa"
"a hercegnő számára"
"Jugar al croquet"
"Krokett játék"
Entonces ambos se inclinaron profundamente
Aztán mindketten mélyen meghajoltak
y los rizos de sus pelucas se enredaron
és a parókájukban lévő fürtök összefonódtak
Pronto el lacayo que parecía un pez se había ido
Hamarosan eltűnt a gyalogos, aki úgy nézett ki, mint egy hal
Pero el lacayo que parecía una rana todavía estaba allí
De a békának látszó gyalogos még mindig ott volt
Estaba sentado en el suelo, cerca de la puerta
A földön ült az ajtó közelében
Estaba mirando estúpidamente al cielo
Hülyén bámult az égre
Alicia se acercó tímidamente a la puerta y llamó

Alice félénken odament az ajtóhoz és kopogtatott
—Es inútil llamar a la puerta —dijo el lacayo—
- Nincs értelme kopogtatni - mondta a gyalogos
"Y eso es por dos razones"
"És ennek két oka van"
"Primero, porque estoy del mismo lado de la puerta que tú"
"Először is, mert én az ajtónak ugyanazon az oldalán vagyok,
mint te"
**"En segundo lugar, porque están haciendo mucho ruido
dentro"**
"Másodszor, mert olyan nagy zajt csapnak odabent"
"Nadie podría escucharte"
"Senki sem hallhatott téged"
Y, ciertamente, había un ruido extraordinario en su interior
És minden bizonnyal rendkívüli zaj hallatszott odabent
un aullido y estornudos constantes
állandó üvöltés és tüsszentés
y de vez en cuando se oye un gran estruendo
és hébe-hóba nagy összeomlás hangja
como si un plato o una tetera se hubieran roto en pedazos
mintha egy edényt vagy vízforralót törtek volna darabokra
-¿Cómo voy a entrar? -preguntó Alicia
"Hogyan jutok be?" – kérdezte Alice
—¿Deberías entrar? —dijo el lacayo—
"Be kellene egyáltalán szállnod?" – kérdezte a gyalogos
"Esa es la primera pregunta, ya sabes"
"Ez az első kérdés, tudod"
Alicia abrió la puerta y entró
Alice kinyitotta az ajtót, és bement
La puerta conducía directamente a una gran cocina
Az ajtó egyenesen egy nagy konyhába vezetett
La cocina estaba llena de humo de un extremo a otro
A konyha tele volt füsttel az egyik végétől a másikig
en medio de la cocina estaba la duquesa
a konyha közepén volt a hercegnő
Estaba sentada en un taburete de tres patas
Egy háromlábú zsámolyon ült

Y ella estaba amamantando a un bebé

És egy csecsemőt szoptatott

El cocinero estaba inclinado sobre el fuego

A szakács a tűz fölé hajolt

Estaba removiendo un gran caldero

Egy nagy kaldront kavargatott

y el caldero parecía estar lleno de sopa

És úgy tűnt, hogy a kaldron tele van leveszel

"¡Ciertamente hay demasiada pimienta en esa sopa!" —se dijo Alicia

"Biztosan túl sok bors van abban a levesben!" Alice azt mondta magában:

Lo dijo lo mejor que pudo, sin estornudar

A lehető legjobban mondta, tüsszentés nélkül

Incluso la duquesa estornudaba de vez en cuando

Még a hercegnő is tüsszentett néha

Pero las acciones del bebé fueron las más notables

De a baba cselekedetei voltak a legfigyelemreméltóbbak

El bebé estornudaba y aullaba alternativamente

A baba felváltva tüsszentett és üvöltött

No hubo un momento de pausa entre aullidos y estornudos

Egy pillanatnyi szünet sem volt az üvöltés és a tüsszentés között

Había dos criaturas en la cocina que no estornudaban

Két lény volt a konyhában, amelyek nem tüsszentettek

El cocinero estaba demasiado ocupado para estornudar

A szakács túl elfoglalt volt ahhoz, hogy tüsszentsen

Y al gran gato no pareció importarle el pimiento

És úgy tűnt, hogy a nagy macska nem bánja a borsot

En cambio, el gran gato sonreía de oreja a oreja

Ehelyett a nagy macska fültől fülig vigyorgott

-Por favor, ¿podría decírmelo -dijo Alicia, un poco tímidamente-

- Kérem, mondja meg nekem - mondta Alice kissé félénken

"¿Por qué tu gato sonríe así?"

"Miért vigyorog így a macskád?"

-Es un gato de Cheshire -dijo la duquesa-

- Ez egy Cheshire-macska - mondta a hercegnő

"Y por eso está sonriendo de oreja a oreja"

"És ezért vigyorog fültől fülig"

"No sabía que un gato de Cheshire siempre sonreía"

"Nem tudtam, hogy egy Cheshire-macska mindig vigyorog"

—De hecho, no sabía que los gatos podían sonreír —dijo Alicia—

"Valójában nem tudtam, hogy a macskák vigyoroghatnak" - mondta Alice

-Hay muchas cosas que no sabes -dijo la duquesa-

- Sok mindent nem tudsz - mondta a hercegnő

"Hay muchas cosas que no sabes y eso es un hecho"

"Sok minden van, amit nem tudsz, és ez tény"

En ese momento, el cocinero retiró el caldero de sopa del fuego

Ekkor a szakács levette a tűzről a leves kaldronját

Y en seguida se puso a tirar todo lo que estaba a su alcance

És azonnal elkezdett mindent dobálni, ami elérhető volt

arrojó todo lo que pudo a la duquesa y al bebé

mindent odadobott a hercegnőnek és a csecsemőnek, amit csak tudott

Primero arrojó los hierros de fuego

Először eldobta a tűzivasalókat

Luego tiró un puñado de cacerolas

Aztán dobott egy marék serpenyőt

y finalmente tiró los platos y las fuentes

és végül eldobta a tányérokat és az edényeket

La duquesa no le hizo caso

A hercegnő nem vett róla tudomást

Incluso cuando fue golpeada por un plato, no se preocupó

Még akkor sem, amikor egy tányér megütötte, nem aggódott

El bebé ya estaba aullando tanto

A baba már annyira üvöltött

Así que era imposible decir si los golpes lastimaban al bebé o no

Tehát lehetetlen volt megmondani, hogy a fújások fájnak-e a babának vagy sem

—¡Oh, por favor, ten cuidado con lo que estás haciendo! —
exclamó Alicia—
"Ó, kérlek, törődj azzal, amit csinálsz!" - kiáltotta Alice
Y saltaba de un lado a otro en una agonía de terror
és rémülten ugrált fel és alá
la duquesa le ofreció a Alicia el bebé
a hercegnő felajánlotta Alice-nek a babát
"¡Aquí! ¡Puedes amamantar un poco al bebé, si quieres!"
"Itt! Szoptathatod egy kicsit a babát, ha úgy tetszik!"
Y le arrojó al bebé mientras hablaba
És beszéd közben rávetette a babát
**"Tengo que ir a prepararme para jugar al croquet con la
reina"**
"El kell mennem, és fel kell készülnöm krokettezni a
királynővel"
Y se apresuró a salir de la habitación
és kisietett a szobából
Alicia atrapó al bebé con cierta dificultad
Alice némi nehézséggel elkapta a babát
porque era una criatura de forma muy extraña
mert nagyon furcsa alakú kis lény volt
**Y el bebé extendió los brazos y las piernas en todas
direcciones**
és a baba minden irányba kinyújtotta karját és lábát
«Será mejor que me lleve a este niño conmigo», pensó Alicia
"Jobb, ha magammal viszem ezt a gyereket" - gondolta Alice
"Seguro que matarán a este bebé en uno o dos días"
"Biztosan megölik ezt a babát egy-két napon belül"
—¿No sería un asesinato dejar atrás a este bebé?
"Nem lenne gyilkosság hátrahagyni ezt a babát?"
Dijo las últimas palabras en voz alta
Hangosan kimondta az utolsó szavakat
Y la cosita gruñó en respuesta
És az apróság morgott válaszként
**—Será mejor que no te conviertas en un cerdo, querida —
dijo Alicia—**
- Jobb, ha nem válsz disznóvá, kedvesem - mondta Alice

"o de lo contrario no tendré nada más que ver contigo"
"különben semmi közöm nem lesz hozzád"
Alicia empezaba a pensar para sí misma:
Alice éppen csak elgondolkodott magában:
"Ahora, ¿qué voy a hacer con esta criatura cuando la lleve a casa?"
- Nos, mit kezdjek ezzel a teremtménnyel, ha hazaviszem?
Pero entonces la pequeña criatura gruñó un poco violentamente
De aztán a kis teremtmény kissé hevesen morgott
y Alicia lo miró a la cara con cierta alarma
és Alice némi riadalommal nézett le az arcába
Esta vez no podía haber error al respecto
Ezúttal nem lehetett tévedés
No era ni más ni menos que un cerdo
nem volt sem több, sem kevesebb, mint egy disznó
Así que dejó a la pequeña criatura en el suelo
Így hát letette a kis teremtményt
y la pequeña criatura se aleja trotando tranquilamente hacia el bosque
És a kis teremtmény csendesen elügetett az erdőbe
Alicia se sintió bastante aliviada al ver que la criatura se iba
Alice nagyon megkönnyebbült, amikor látta, hogy a lény elmegy
Alicia se sobresaltó un poco al ver al Gato de Cheshire
Alice kissé megijedt, amikor meglátta a Cheshire-macskát
Estaba sentado en la rama de un árbol a pocos metros de distancia
Egy faágon ült, néhány méterre tőle
El gato solo sonrió cuando la vio
A macska csak vigyorgott, amikor meglátta
—Gato de Cheshire —empezó Alicia, bastante tímidamente—
- Cheshire-macska - kezdte Alice meglehetősen félénken
—¿Podría decirme, por favor, qué camino debo tomar desde aquí?
- Kérem, mondja meg, merre menjek innen?

—En esa dirección —dijo el gato—

- Abban az irányban - mondta a macska

Y agitó la pata derecha

és integetett a jobb mancsával

"En esa dirección vive un fabricante de sombreros"

"Ebben az irányban él a kalapok készítője"

Y entonces el gato agitó su otra pata

Aztán a macska intett a másik mancsával

"Y en esa dirección vive una liebre de marzo"

"És ebben az irányban él egy márciusi nyúl"

"Visita a cualquiera de los que quieras; los dos están locos"

"Látogassa meg, amit csak akar; mindketten őrültek"

—Pero yo no quiero andar entre locos —comentó Alicia—

- De nem akarok őrültek közé menni - jegyezte meg Alice

—Oh, no puedes evitarlo —dijo el Gato—

- Ó, ezen nem tehetsz - mondta a Macska

"Aquí estamos todos locos"

"Itt mindannyian őrültek vagyunk"

"¿Vas a jugar al croquet con la reina hoy?"

- Ma krokettet játszol a királynővel?

—Me gustaría mucho —dijo Alicia—

- Nagyon szeretném - mondta Alice

"pero todavía no me han invitado"

"de még nem hívtak meg"

—Allí me verás —dijo el Gato—

- Ott látni fogsz - mondta a Macska

Y de un momento a otro el gato desapareció

És egyik pillanatról a másikra a macska eltűnt

pronto Alicia llegó a la vista de la casa de la liebre de marzo

hamarosan Alice megpillantotta a menetelő nyúl házát

Era una casa muy grande

Ez egy nagyon nagy ház volt

así que Alicia no quiso acercarse a la casa

így Alice nem akart a ház közelébe menni

Primero tuvo que mordisquear un poco más del trozo de champiñón del lado izquierdo

Először még egy kis gombát kellett rágcsálnia a bal oldali

gombából

Una fiesta de té loca
Egy őrült tea-party
Delante de la casa había un árbol
A ház előtt volt egy fa
y debajo del árbol había una mesa
És a fa alatt volt egy asztal
y la mesa estaba puesta con toda clase de cubiertos
És az asztal mindenféle evőeszközzel volt megterítve
La Liebre de Marzo y el Sombrerero estaban sentados a la mesa
A márciusi nyúl és a kalapkészítő az asztalnál ült
y juntos estaban tomando el té
és együtt teáztak
Un lirón estaba sentado entre ellos
Egy hálóterem ült közöttük
y el lirón se durmió profundamente
és a dormouse mélyen aludt
La mesa era de un tamaño extraordinario
Az asztal rendkívüli méretű volt
Pero la mayor parte de la mesa estaba desocupada
De az asztal nagy része üres volt
Se sentaron apiñados en una esquina de la mesa
Összezsúfolódva ültek az asztal egyik sarkában
y, sin embargo, se excusaban cuando veían a Alicia
és mégis mentegetőztek, amikor meglátták Alice-t
"¡No hay espacio! ¡No hay lugar!", gritaron
"Nincs hely! Nincs hely!" – kiáltották
-¡Hay sitio de sobra! -exclamó Alicia indignada-
"Rengeteg hely van!" - mondta Alice felháborodva
En un extremo de la mesa había un gran sillón
Az asztal egyik végén egy nagy karosszék volt
y Alicia se sentó en el sillón
és Alice leült a karosszékbe
El sombrerero abrió mucho los ojos
A kalapkészítő nagyon tágra nyitotta a szemét

No podía creer lo que estaba viendo
Nem hitte el, amit lát
Pero su mente tenía curiosidad por otras cosas
De az elméje más dolgokra volt kíváncsi
—¿Por qué un cuervo es como un escritorio?
"Miért olyan a holló, mint az íróasztal?"
Alicia estaba abierta al reto
Alice nyitott volt a kihívásra
"Me alegro de que hayan empezado a hacer adivinanzas"
"Örülök, hogy elkezdtek rejtvényeket kérdezni"
—Creo que puedo adivinarlo —añadió en voz alta—
- Azt hiszem, kitalálhatom - tette hozzá hangosan
La liebre de marzo sintió curiosidad por Alicia
A menetelő nyúl kíváncsi lett Alice-re
"¿De verdad crees que puedes encontrar la respuesta?"
"Tényleg azt hiszed, hogy megtalálod a választ?"
—Creo que puedo encontrar la respuesta —dijo Alicia—
- Azt hiszem, valóban megtalálom a választ - mondta Alice
—Entonces deberías decir lo que quieres decir —prosiguió la liebre de la marcha—
- Akkor mondd el, mire gondolsz - folytatta a menetnyúl
—Digo lo que quiero decir —respondió Alicia apresuradamente—
- Mondom, amire gondolok - felelte Alice sietve
"por lo menos quiero decir lo que digo"
"legalábbis komolyan gondolom, amit mondok"
"Es lo mismo, ¿sabes?"
"Ez ugyanaz, tudod"
El lirón también contribuyó a la conversación
A dormouse is hozzájárult a beszélgetéshez
Pero el lirón parecía estar hablando en sueños
De úgy tűnt, hogy a dormouse álmában beszél
"Respiro cuando duermo"
"Lélegzem, amikor alszom"
"¡Duermo cuando respiro!"
"Alszom, amikor lélegzem!"
"Bien podría decirse que también son lo mismo"

"Akár azt is mondhatnánk, hogy ugyanazok"
-A ti te pasa lo mismo -dijo el sombrerero-
- Ugyanez a helyzet veled - mondta a kalapkészítő
Y echó un poco de té en la nariz del lirón
és egy kis teát öntött a dormouse orrára
El Lirón sacudió la cabeza con impaciencia
A Dormouse türelmetlenül rázta a fejét
Y volvió a hablar el Lirón, sin abrir los ojos
És megint megszólalt a dormouse, anélkül, hogy kinyitotta
volna a szemét
"Por supuesto, por supuesto que es lo mismo"
"Természetesen ugyanaz"
"eso es justo lo que iba a decir yo mismo"
"csak ezt akartam mondani magam"

El sombrerero se volvió hacia Alicia y le hizo otra pregunta
A kalapkészítő Alice-hez fordult, és újabb kérdést tett fel
—¿Ya has adivinado el enigma?
- Kitaláltad már a rejtvényt?
—No, me rindo —concedió Alicia—
- Nem, feladom - ismerte el Alice
"¿Cuál es la respuesta?", quiso saber
"Mi a válasz?" – kérdezte
—No tengo la menor idea —dijo el sombrerero—

- A leghalványabb ötletem sincs - mondta a kalapkészítő
-Ni yo lo sé -dijo la liebre-
- Nem is tudom - mondta a menetnyúl
Alicia dio un suspiro de cansancio
Alice fáradtan sóhajtott
**"Hay mejores usos del tiempo que los enigmas sin
respuestas"**
"Vannak jobb időfelhasználások, mint a válaszok nélküli
rejtvények"
**-¡Toma un poco más de té! -dijo la liebre a Alicia, muy
seriamente-**
- Igyál még egy teát - mondta a menetnyúl Alice-nek nagyon
komolyan
Alicia se sintió bastante ofendida por la oferta
Alice-t nagyon sértette az ajánlat
—Todavía no he tomado el té —respondió Alicia—
- Még nem ittam teát - felelte Alice
"por lo tanto, no puedo tomar más té"
"ezért nem tudok több teát inni"
**—Quieres decir que no puedes tomar menos té —dijo el
sombrerero—**
- Úgy érted, hogy nem ihatsz kevesebb teát - mondta a
kalapkészítő
"Es muy fácil llevarse más que nada"
"Nagyon könnyű többet venni a semminél"
Al oír esto, Alicia se levantó y se marchó
Erre Alice felállt és elment
El lirón se durmió al instante
A dormouse azonnal elaludt
**y ninguno de los otros hizo la menor atención de que ella se
fuera**
és a többiek közül egyik sem vette észre, hogy elmegy
aunque miró hacia atrás una o dos veces
bár egyszer-kétszer visszanézett
Intentaban meter el lirón en la tetera
Megpróbálták betenni a dormouse-t a teáskannába
-De todos modos, ¡no volveré a ir allí! -dijo Alicia-

"Mindenesetre soha többé nem megyek oda!" - mondta Alice
Y ella caminó su camino a través del bosque
És végigsétált az erdőn
"Esa fue la fiesta del té más estúpida a la que he ido en mi vida"
"Ez volt a leghülyébb teaparti, amin valaha is voltam"
Justo cuando dijo esto, notó algo
Ahogy ezt mondta, észrevett valamit
Uno de los árboles tenía una puerta que daba directamente a él
Az egyik fának volt egy ajtaja, amely egyenesen oda vezetett
"¡Eso es muy interesante!", pensó
"Ez nagyon érdekes!" - gondolta
"Creo que es mejor que pase por la puerta"
"Azt hiszem, akár be is mehetek az ajtón"
Y entró por la puerta
És az ajtón át ment
Una vez más se encontró en el largo pasillo
Még egyszer a hosszú teremben találta magát
De nuevo estaba cerca de la mesita de cristal
Ismét közel volt a kis üvegasztalhoz
Ella tomó la pequeña llave de oro
Elvette a kis aranykulcsot
Y abrió la puerta que daba al jardín
és kinyitotta az ajtót, amely a kertbe vezetett
Luego se puso manos a la obra mordisqueando el hongo
Aztán munkához látott, és rágcsálta a gombát
Había guardado un trozo de la seta en el bolsillo
Egy darab gombát tartott a zsebében
Y, por último, medía alrededor de un metro de altura
és végül körülbelül egy méter magas volt
Luego caminó por el pequeño pasillo
Aztán végigsétált a kis folyosón
Y entonces finalmente se encontró en el hermoso jardín
Aztán végül a gyönyörű kertben találta magát
y ella estaba entre la flor brillante y las fuentes frescas
És ott volt a fényes virágok és a hűvös szökőkutak között

El campo de croquet de la reina
A királynő krokettje
Un gran rosal se alzaba cerca de la entrada del jardín
Egy nagy rózsafa állt a kert bejáratánál
Las rosas que crecían en el árbol eran blancas
A fán növekvő rózsák fehérek voltak
Pero había tres jardineros pintando la rosa
De három kertész festette a rózsát
Estaban ocupados pintando las rosas de rojo
szorgalmasan festették vörösre a rózsákat
y Alicia los miraba pintar las rosas de rojo
és Alice nézte, ahogy vörösre festik a rózsákat
y de repente sus ojos se posaron por casualidad en Alicia
és hirtelen a szemük véletlenül Alice-re esett
Alicia habló un poco tímidamente
Alice kissé félénken beszélt
—¿Podría decírmelo, por favor?
- Megmondaná, kérem;
"¿Por qué están pintando todas esas rosas?"
"Miért festitek mindnyájan azokat a rózsákat?"
Cinco y siete no dijeron nada, pero miraron a dos
Öt és hét nem szólt semmit, csak kettőre nézett
Dos hablaron, en voz baja
ketten szólaltak meg, halk hangon
"Vaya, el hecho es que ya lo ve, señora"
- Miért, a tény, látja, asszonyom.
"Esto de aquí debería haber sido un rosal rojo"
"Ennek itt egy vörös rózsafának kellett volna lennie"
"Y pusimos un rosal blanco por error"
"És tévedésből egy fehér rózsafát tettünk bele"
"Como estarás de acuerdo, la Reina no debe enterarse"
"Ahogy egyetértenének, a királynőnek nem szabad
megtudnia"
"De lo contrario, nos cortarían la cabeza a todos"
"különben mindannyiunk fejét levágnák"
**"Así que ya ve, señora, estamos haciendo lo mejor que
podemos"**

- Látja, asszonyom, minden tőlünk telhetőt megteszünk.
La Carta Cinco había estado mirando ansiosamente a través del jardín
Az ötös kártya aggódva nézett át a kerten
En ese momento, la carta cinco gritó: "¡La reina! ¡La reina!"
Ebben a pillanatban az ötös kártya felkiáltott: "A királynő! A királynő!"
Y los tres jardineros se escabulleron al instante
és a három kertész azonnal elsurrant
Y se arrojaron de bruces
és arcra vetették magukat
Se oyó el sonido de muchos pasos
Sok lépés hangja hallatszott
Alicia miró a su alrededor, ansiosa por ver a la reina
Alice körülnézett, alig várta, hogy láthassa a királynőt
Al comienzo de la procesión había diez soldados
A menet elején tíz katona volt
Sus manos y pies estaban en las esquinas
kezük és lábuk a sarkokban volt
y en sus manos y pies había garrotes
és kezükben és lábukban botok voltak
Luego vinieron los diez cortesanos
Ezután jött a tíz udvaronc
Los cortesanos estaban adornados con diamantes
Az udvaroncokat mindenütt gyémántok díszítették
Después de los cortesanos venían los hijos reales
Az udvaroncok után jöttek a királyi gyermekek;
Eran diez los hijos de la realeza
Tíz királyi gyermek volt
y todos los niños reales estaban adornados con corazones
és minden királyi gyermeket szívvel díszítettek
Luego vinieron los invitados; en su mayoría reyes y reinas
Ezután jöttek a vendégek; többnyire királyok és királynők
y entre los reyes y la reina, Alicia vio a alguien
és a királyok és a királynő között Alice látott valakit
Volvió a ver al conejo blanco que había perseguido
Újra látta a fehér nyulat, amelyet üldözött

La procesión fue seguida por la sota de los corazones
A menetet a szívek köldöke követte
Llevaba la corona del rey
A király koronáját hordozta
y la corona del rey estaba sobre un cojín de terciopelo carmesí
és a király koronája bíbor bársony párnán volt
Y entonces llegó el final de esta gran procesión
És akkor jött el ennek a nagy menetnek a vége
Y allí, al final, estaban el Rey y la Reina de Corazones
És ott volt a végén a szívek királya és királynője
la procesión venía frente a Alicia
a menet Alice-szel szemben jött
Y todos se detuvieron y la miraron
És mindannyian megálltak, és ránéztek
Y la reina dijo severamente: "¿Quién es éste?"
és a királyné komolyan megkérdezte: "Ki ez?"
Se lo dijo a la Sota de Corazones
Elmondta a Szívek Hajójának
Pero él se limitó a hacer una reverencia y a sonreír en respuesta
De ő csak meghajolt és mosolygott válaszul;
Alicia habló muy cortésmente
Alice nagyon udvariasan beszélt
"Mi nombre es Alicia, así que por favor, su majestad"
"A nevem Alice, ezért kérem fenségedet"
Pero ella tenía otros pensamientos para sí misma
De más gondolatai voltak magának
"¡Después de todo, son solo un mazo de cartas!"
"Végül is csak egy csomag kártya!"
"¿Sabes jugar al croquet?", gritó la reina
"Tudsz krokettezni?" - kiáltotta a királynő
Era evidente que la pregunta iba dirigida a Alicia
A kérdés nyilvánvalóan Alice-nek szólt
-¡Sí! -dijo Alicia en voz alta-
- Igen! - mondta Alice hangosan
—¡Ven a jugar! —rugió la reina—

"Gyere hát játszani!" üvöltötte a királynő
una voz tímida le habló a Alicia
egy félénk hang szólt Alice-hez
"¡Es un día muy hermoso!"
"Ez egy nagyon szép nap!"
Caminaba junto al conejo blanco
A fehér nyúl mellett sétált
y el Conejo Blanco la miraba ansiosamente a la cara
és a Fehér Nyúl aggódva kukucskált az arcába
—Un día muy bueno —confirmó Alicia—
- Valóban nagyon szép nap - erősítette meg Alice
—¿Dónde está la duquesa?
- Hol van a hercegnő?
"¡Silencio! ¡Silencio!", dijo el Conejo
"Csitt! Hush!" - mondta a Nyúl
"Está condenada a muerte"
"Kivégzés alatt áll"
—¿Por qué la ejecutan? —preguntó Alicia
"Miért végzik ki?" – kérdezte Alice
**—Le ha rayado las orejas a la reina —empezó a decir el
conejo—**
- Megkopta a királyné fülét - kezdte a nyúl
—gritó la Reina con voz de trueno—
- kiáltotta a királynő mennydörgés hangján
"¡Vayan a sus lugares!"
"Menj a helyedre!"
Y la gente empezó a correr en todas direcciones
és az emberek elkezdtek futni minden irányba
y todos tropezaron unos con otros
és mindannyian egymásnak estek
Sin embargo, se calmaron en uno o dos minutos
Egy-két perc alatt azonban letelepedtek
Y entonces comenzó el juego
És akkor kezdődött a játék
Alicia nunca había visto un campo de croquet tan curioso
Alice még soha nem látott ilyen furcsa krokettföldet
La hierba era todo crestas y surcos

A fű csupa gerinc és barázda volt
Las bolas de croquet eran erizos de verdad
A krokettgolyók valódi sündisznók voltak
y los mazos eran flamencos de verdad
És a kalapácsok valódi flamingók voltak
Y los soldados se pusieron de pie sobre sus manos y sus pies
és a katonák álltak a kezükön és a lábukon
porque los arcos estaban hechos de sus cuerpos
mert az ívek a testükből készültek
Todos los jugadores jugaron a la vez
A játékosok mind egyszerre játszottak
Nadie esperó su turno
Senki sem várta meg a sorukat
y todos se peleaban con todos
és mindenki veszekedett mindenkivel
y todos luchaban por los erizos
És mindannyian harcoltak a sündisznókért
Pronto la reina se vio presa de una furiosa pasión
Hamarosan a királynő dühös szenvedélyben volt
Y empezó a patalear y a gritar
És elkezdett ütlegelni és kiabálni
"¡Córtale la cabeza!"
- Vágja le a fejét!
"¡Córtale la cabeza!"
- Vágja le a fejét!
"¡Córtale la cabeza a todos!"
"Vágd le az összes fejüket!"
De nuevo Alicia pensó para sí misma
Alice megint azt gondolta magában:
"Son terriblemente aficionados a decapitar a la gente aquí"
"Rettenetesen szeretik itt lefejezni az embereket"
"¡La gran maravilla es que quede alguien vivo!"
"A nagy csoda az, hogy valaki életben maradt!"
Buscaba alguna vía de escape
Valami menekülési módot keresett
Notó una curiosa apariencia en el aire
Furcsa megjelenést vett észre a levegőben

«Es el gato de Cheshire», se dijo a sí misma
"Ez a Cheshire-macska" - mondta magában
"Ahora tendré a alguien con quien hablar"
"most lesz kivel beszélnem"
—¿Cómo te va? —preguntó el gato
"Hogy boldogulsz?" – kérdezte a macska
—No creo que jueguen nada limpio —dijo Alicia—
"Egyáltalán nem hiszem, hogy tisztességesen játszanak" –
mondta Alice
Y tenía un tono bastante quejumbroso
és meglehetősen panaszos hangja volt
"Todos se pelean tan terriblemente"
"Mindannyian olyan rettenetesen veszekednek"
"Uno no se oye hablar"
"Az ember nem hallja magát beszélni"
"Y no parecen jugar con ninguna regla"
"És úgy tűnik, hogy nem játszanak semmilyen szabály szerint"
el gato le hizo una pregunta a Alicia en voz baja
a macska halk hangon kérdezte Alice-t
—¿Qué te parece la reina?
- Hogy tetszik a királynő?
—No me gusta nada —dijo Alicia—
- Egyáltalán nem szeretem őt - mondta Alice

Alicia pensó que sería mejor que volviera
Alice úgy gondolta, akár vissza is mehet
Quería ver cómo iba el partido
Látni akarta, hogyan megy a játék
Se fue en busca de su erizo
Elindult, hogy megkeresse a sündisznóját
El erizo estaba ocupado luchando contra otro erizo
A sündisznó egy másik sündisznóval volt elfoglalva
Esta fue una excelente oportunidad
Ez kiváló lehetőség volt
Podía hacer croquet a un erizo con el otro
Az egyik sündisznót krokettezni tudta a másikkal
Pero su flamenco estaba al otro lado del jardín
De a flamingója a kert másik oldalán volt
El flamenco era bastante torpe
A flamingó meglehetősen ügyetlen volt
Su flamenco intentaba volar hacia un árbol
A flamingója megpróbált felrepülni egy fára
Atrapó al flamenco por la pierna
A lábánál elkapta a flamingót
Y guardó el flamenco bajo el brazo
És eldugta a flamingót a hóna alá
De esa manera, el flamenco no pudo escapar de nuevo
Így a flamingó nem tudott újra elmenekülni
Justo en ese momento Alicia se encontró con la duquesa
Éppen akkor Alice találkozott a hercegnővel
La duquesa ya había salido de la cárcel
A hercegnő most már kiszabadult a börtönből
Metió cariñosamente su brazo bajo el brazo de Alicia
Gyengéden Alice hóna alá dugta a karját
Y luego se fueron juntos
Aztán együtt sétáltak el
Alicia se alegró mucho de encontrarla de tan buen humor
Alice nagyon örült, hogy ilyen kellemes hangulatban találta
Sin embargo, estaba un poco asustada
Kissé megijedt
Oyó la voz de la duquesa cerca de su oído

Hallotta a hercegnő hangját a füléhez közel
"Estás pensando en algo, querida"
- Gondolsz valamire, kedvesem.
"Y eso hace que te olvides de hablar"
"És ettől elfelejtesz beszélni"
—El juego va bastante mejor ahora —dijo Alicia—
"A játék most már jobban megy" – mondta Alice
Era una forma de mantener la conversación
Ez volt az egyik módja annak, hogy fenntartsuk a beszélgetést
-Así es -dijo la duquesa-
- Valóban így van - mondta a hercegnő
"Y la moraleja de eso es esta:"
"És ennek tanulsága ez: "
"¡Es el amor el que lo hace todo!"
"A szeretet az, ami mindent megtesz!"
"El amor es lo que hace que el mundo gire"
"A szeretet az, ami körbejárja a világot"
Alicia tenía otra explicación
Alice-nek más magyarázata volt
**"¡Lo hace todo el mundo ocupándose de sus propios
asuntos!"**
"Ezt mindenki a saját dolgával törődve csinálja!"
—¡Ah, bueno! Podrías tener razón"
- Hát igen! Igazad lehet"
-Todo significa lo mismo -dijo la duquesa-
- Mindez nagyjából ugyanazt jelenti - mondta a hercegnő
y hundió su afilada barbilla en el hombro de Alicia
és éles kis állát Alice vállába fúrta
"Y la moraleja de eso es esta"
"És ennek a tanulsága ez"
"Cuida el sentido"
"Vigyázz az érzékre"
"Y entonces los sonidos se encargarán de sí mismos"
"És akkor a hangok gondoskodnak magukról"
Pero entonces el brazo de la duquesa empezó a temblar
De aztán a hercegnő karja remegni kezdett
Alicia alzó la vista y allí estaba la reina

Alice felnézett, és ott állt a királynő
La reina tenía los brazos cruzados
A királynő összekulcsolta a karját
¡Y ella fruncía el ceño como una tormenta eléctrica!
És összeráncolta a homlokát, mint egy zivatar!
—Te advierto —gritó la reina—
- Igazságosan figyelmeztetlek - kiáltotta a királynő
Y pisoteó el suelo mientras hablaba
és beszéd közben a földre taposott
"O tu cabeza o la suya deben estar cortadas"
"Vagy a fejednek, vagy az ő fejének kell levennie"
"¡Toma tu decisión!"
"Válasszon!"
"Y ser rápido al respecto"
"És légy gyors"
La duquesa hizo su elección
A hercegnő választotta
Y al cabo de un instante la duquesa se fue
és egy pillanaton belül a hercegnő eltűnt
Entonces la reina le habló a Alicia
Aztán a királynő beszélt Alice-szel
"Sigamos con el juego"
"Folytassuk a játékot"
Alicia estaba demasiado asustada para decir una palabra
Alice túlságosan megijedt ahhoz, hogy egy szót is szóljon
Y la siguió lentamente hasta el campo de croquet
és lassan követte őt vissza a krokettföldre
Todo el tiempo la Reina se peleó con los otros jugadores
A királynő egész idő alatt veszekedett a többi játékossal
"¡Córtale la cabeza!"
- Vágja le a fejét!
"¡Córtale la cabeza!"
- Vágja le a fejét!
"¡Córtale la cabeza a todos!"
"Vágd le az összes fejüket!"
Pronto todos los jugadores estaban bajo custodia
Hamarosan az összes játékos őrizetben volt

solo quedaron el rey, la reina y Alicia
csak a király, a királynő és Alice maradt
Entonces la reina se marchó, casi sin aliento
Aztán a királynő elment, egészen kifulladva
y se fue con Alicia
és elment Alice-szel
Alicia oyó que el rey decía algo en voz baja
Alice hallotta, hogy a király halkan mond valamit
"Estáis todos perdonados"
"Mindnyájan bocsánatot nyertek"
Pero de repente se oyó otro grito
De hirtelen újabb kiáltás hallatszott
"¡El juicio está comenzando!"
"A tárgyalás kezdődik!"
y Alicia corrió con los demás
és Alice futott a többiekkel

¿Quién robó las tartas?

Ki lopta el a tortákat?

El rey y la reina de corazones estaban sentados
A szívek királya és királynője ült
estaban en su trono cuando llegó Alicia
a trónjukon ültek, amikor Alice megérkezett
Había una gran multitud reunida a su alrededor
Nagy tömeg gyűlt köréjük
Había todo tipo de pajaritos y bestias
Mindenféle kis madár és vadállat volt
Y allí estaba toda la baraja de cartas
És ott volt az egész csomag kártya
La sota estaba de pie frente a ellos, encadenada
A köldök ott állt előttük, láncra verve
y había un soldado a cada lado para custodiarlo
és mindkét oldalon volt egy-egy katona, aki őrizte
cerca del Rey estaba el conejo blanco
a király közelében volt a fehér nyúl
Tenía una trompeta en una mano
Egyik kezében trombita volt
y tenía un rollo de pergamino en la otra mano
és a másik kezében pergamentekercs volt
En el centro del patio había una mesa
Az udvar közepén volt egy asztal
Sobre la mesa había un gran plato de tartas
Az asztalon egy nagy tál torta volt
«Ojalá hicieran el juicio», pensó Alicia
"Bárcsak elvégeznék a tárgyalást" - gondolta Alice;
—¡Entonces podríamos comer algunos de esos refrescos!
- Akkor ehetnénk néhány frissítőt!

El juez, por cierto, era el rey

A bíró egyébként a király volt

y llevaba su corona sobre su gran peluca

és koronáját nagy parókája fölött viselte

«Ésa es la tribuna del jurado», pensó Alicia

"Ez az esküdtszéki páholy" - gondolta Alice

"Y esas doce criaturas, supongo que son los miembros del jurado"

"és az a tizenkét teremtmény, feltételezem, hogy ők az esküdtek"

algunos eran animales y otros eran pájaros

Néhányan állatok voltak, mások madarak

En ese momento el conejo blanco gritó

Ekkor a fehér nyúl felkiáltott

"¡Silencio en la corte!"

"Csend a bíróságon!"

"¡Heraldo, lee la acusación!", dijo el rey

"Hírnök, olvasd el a vádat!" - mondta a király

El Conejo Blanco tocó tres veces la trompeta

A fehér nyúl három robbanást fújt a trombitán

Luego desenrolló el rollo de pergamino

Aztán kibontotta a pergamentekercset

Y leyó lo siguiente:
és a következőket olvasta:
"La reina de corazones, hizo unas tartas"
"A szívek királynője, készített néhány tortát,"
"Todo esto lo hizo en un día de verano"
"Mindezt egy nyári napon tette"
"La sota de los corazones, robó esas tartas"
"A szívek köldöke, ellopta azokat a tortákat"
—¡Y se llevó esas tartas muy lejos!
- És messzire vitte azokat a tortákat!
—Llama al primer testigo —dijo el rey—
- Hívd az első tanút - mondta a király
y el conejo blanco tocó tres veces la trompeta
és a fehér nyúl három robbanást fújt a trombitán
"¡Traigan al primer testigo!", gritó
"Hozzátok az első tanút!" – kiáltotta
El primer testigo fue el sombrerero
Az első tanú a kalapkészítő volt
Entró con una taza de té en una mano
Bejött egy teáscsészével az egyik kezében
Y tenía un pedazo de pan con mantequilla en la otra mano
és volt egy darab kenyér és vaj a másik kezében
—Tendrías que haber terminado —dijo el rey—
- Be kellett volna fejezned - mondta a király
—¿Cuándo empezaste?
- Mikor kezdted?
El sombrerero miró a la liebre de marcha
A kalapkészítő a menetnyúlra nézett
La Liebre de Marzo lo había seguido hasta el patio
A menetnyúl követte őt az udvarba
Había caminado del brazo del lirón
Kart karba öltve sétált a dormouse-szal
—El catorce de marzo, creo que fue —dijo—
"Azt hiszem, március tizennegyedike volt" – mondta
—Da tu testimonio —dijo el rey—
- Adj tanúvallomást - mondta a király
"Y no te pongas nervioso, o te haré ejecutar en el acto"

"és ne idegeskedj, különben a helyszínen kivégeztelek"
Esto no pareció animar en absoluto al testigo
Úgy tűnt, hogy ez egyáltalán nem bátorította a tanút
Seguía moviéndose de un pie al otro
Folyton egyik lábáról a másikra váltott;
Y miró inquieto a la reina
és nyugtalanul nézett a királynőre
Y, en su confusión, mordió un gran trozo de su taza de té
És zavarában egy nagy darabot harapott ki a teáscsészéjéből
**En realidad, tenía la intención de morder de su pan y
mantequilla**
valójában harapni akart a kenyeréből és a vajából
**Justo en ese momento, Alicia sintió una sensación muy
curiosa**
Ebben a pillanatban Alice nagyon kíváncsi érzést érzett
Empezaba a crecer de nuevo
Kezdett újra nagyobb lenni
Al miserable sombrerero se le cayó la taza de té
A nyomorult kalapkészítő elejtette a teáscsészéjét
y el pan y la mantequilla cayeron al suelo
és a kenyér és a vaj a földre esett
Y cayó sobre una rodilla
és fél térdre ereszkedett
—Soy un pobre hombre, majestad —comenzó—
- Szegény ember vagyok, felség - kezdte
—Eres un orador muy malo —dijo el rey—
- Nagyon rossz szónok vagy - mondta a király
—Puedes irte —dijo el rey—
- Mehetsz - mondta a király
Y el sombrerero abandonó apresuradamente el patio
És a kalapkészítő sietve elhagyta az udvart
—¡Llama al próximo testigo! —dijo el rey—
"Hívd a következő tanút!" - mondta a király
El siguiente testigo fue el cocinero de la duquesa
A következő tanú a hercegnő szakácsa volt
Llevaba la caja de pimienta en la mano
A kezében tartotta a borsos dobozt

**Y la gente que estaba cerca de la puerta empezó a estornudar
de repente**
És az ajtó közelében lévő emberek egyszerre tüsszenteni
kezdtek
—Da tu testimonio —dijo el rey—
- Adj tanúvallomást - mondta a király
-No daré ninguna prueba -dijo el cocinero-
- Nem fogok bizonyítékot szolgáltatni - mondta a szakács
El rey miró ansiosamente al conejo blanco
A király aggódva nézett a fehér nyúlra
Y el conejo blanco habló en voz baja
És a fehér nyúl csendes hangon beszélt
"Su Majestad debe interrogar a este testigo"
"Felségednek keresztkérdéseket kell tennie ennek a tanúnak"
"Bueno, si debo, debo", dijo el rey
- Nos, ha muszáj, akkor muszáj - mondta a király
"¿De qué están hechas las tartas?"
"Miből készülnek a torták?"
**—Las tartas están hechas de pimienta, en su mayoría —dijo
el cocinero—**
"A torták többnyire borsból készülnek" - mondta a szakács
Durante algunos minutos, toda la corte estuvo en confusión
Néhány percig az egész bíróság összezavarodott
Con el tiempo, todos se calmaron de nuevo
Végül mindannyian újra letelepedtek
Pero para entonces el cocinero había desaparecido
De addigra a szakács eltűnt
"¡No importa!", dijo el rey
"Sebaj!" – mondta a király
"Llamar al estrado al próximo testigo"
"Hívd az emelvényre a következő tanút"
**Alicia observó al conejo blanco mientras él repasaba a
tientas la lista**
Alice figyelte a fehér nyúlat, amint átfutotta a listát
**Puedes imaginar su sorpresa por lo que escuchó a
continuación**
El lehet képzelni, mennyire meglepődött azon, amit ezután

hallott
con su vocecita estridente, llamó el nombre de «¡Alicia!»
reszkető kis hangja tetején az "Alice!" nevet szólította.

La evidencia de Alicia
Alice bizonyítékai

-¡Aquí! -exclamó Alicia-
- Itt! - kiáltotta Alice
Se levantó de un salto a toda prisa
Sietve felugrott
Y volcó el estrado del jurado
és felborult az esküdtszéki páholyban
y derribó a todos los miembros del jurado
és leütötte az összes esküdtet
y cayeron sobre las cabezas de la muchedumbre de abajo
és az alattuk lévő tömeg fejére estek
Alicia estaba muy consternada
Alice nagyon megdöbbent
"¡Oh, le ruego que me perdone!", exclamó
"Ó, bocsánatot kérek!" - kiáltott fel
—El juicio no puede continuar —dijo el rey—
- A tárgyalás nem folytatódhat - mondta a király
"Los miembros del jurado deben volver a ocupar su lugar"
"A zsűritagoknak vissza kell térniük a megfelelő helyükre"
Repitió la orden con gran énfasis
Nagy hangsúllyal megismételte a parancsot
y miró a Alicia con severidad
és szigorúan nézett Alice-re
—¿Qué sabe usted de estos acontecimientos? —preguntó el rey a Alicia
"Mit tudsz ezekről az eseményekről?" – kérdezte a király Alice-től
—No sé nada sobre el tema —dijo Alicia—
- Semmit sem tudok a témáról - mondta Alice
Entonces el rey leyó de su libro
A király ezután felolvasott a könyvéből
"Regla cuarenta y dos"

"Negyvenkettes szabály"
**"Todas las personas que tengan más de una milla de altura
deben abandonar el tribunal"**
"Minden egy mérföldnél magasabb személynek el kell hagynia
a bíróságot"
—No mido ni una milla de altura —dijo Alicia—
- Egy mérföld magasan sem vagyok - mondta Alice
—Casi dos millas de altura —dijo la Reina—
- Közel két mérföld magas - mondta a királynő

—Bueno, me niego a ir —dijo Alicia—
- Nos, nem vagyok hajlandó elmenni - mondta Alice
El rey palideció
A király elsápadt
Y cerró apresuradamente su cuaderno de notas
és sietve becsukta jegyzetkönyvét
"Consideren su veredicto", le dijo al jurado
"Fontolja meg az ítéletét" - mondta az esküdtszéknek
Habló en voz baja y temblorosa
Halk, remegő hangon beszélt
Entonces habló el conejo blanco
Aztán megszólalt a fehér nyúl
"Todavía hay más pruebas por venir"

"Még több bizonyíték várható"
Y se levantó de un salto a toda prisa
és nagy sietve felugrott
"Este papel acaba de ser recogido"
"Ezt a papírt most vették fel"
"Parece ser una carta escrita por el prisionero"
"Úgy tűnik, hogy a fogoly által írt levél"
Desdobló el papel mientras hablaba
Beszéd közben kibontotta a papírt
"Al fin y al cabo, no es una carta"
"Végül is ez nem egy levél"
"Lo que era era un conjunto de versos"
"Ami volt, az egy verssor volt"
—Por favor, majestad —dijo el bribón—
- Kérem, felség - mondta a hajós
"Yo no escribí esos versos"
"Nem én írtam azokat a verseket"
"y no pueden probar que yo escribí nada"
"és nem tudják bizonyítani, hogy írtam semmit"
"No hay ningún nombre firmado al final"
"Nincs aláírva név a végén"
El rey le habló a la sota
A király beszélt a köcsöghöz
"Debes haber tenido la intención de causar algún daño"
"Biztosan valami bajt akartál okozni"
"De lo contrario, habrías firmado con tu nombre como un hombre honrado"
"Különben becsületes emberként írta volna alá a nevét"
Hubo un aplauso general
Általános taps hallatszott
Y el rey se volvió hacia el conejo blanco
És a király a fehér nyúlhoz fordult
—Lee los versos —ordenó—
"Olvassátok el a verseket" – parancsolta
Hubo un silencio sepulcral en la corte
Halotti csend volt az udvaron
Y el conejo blanco leyó los versos

és a fehér nyúl felolvasta a verseket
Me dijeron que habías estado con ella
Azt mondták nekem, hogy jártál nála
Y me mencionaron a él
És megemlítettek engem neki
Ella me dio un buen carácter
Jó jellemet adott nekem
Pero ella dijo que yo no sabía nadar
De azt mondta, hogy nem tudok úszni
Les mandó decir que yo no había ido
Azt üzente nekik, hogy nem mentem el
Sabemos que es verdad
Tudjuk, hogy igaz
Si ella insistiera en el asunto, ¿qué sería de ti?
Ha tovább erőltetné az ügyet, mi lenne veled?
Yo le di uno, ellos le dieron dos
Én adtam neki egyet, ők kettőt adtak neki
Nos diste tres o más
Hármat vagy többet adtál nekünk
Todos volvieron de él a ti
Mindannyian visszatértek tőle hozzád
aunque antes eran míos
bár korábban az enyém voltak
Si yo o ella tuviéramos la oportunidad de serlo
Ha nekem vagy neki véletlenül az kellene
Si yo o ella estuviéramos involucrados en este asunto
Ha én vagy ő részt vennék ebben az ügyben
Él confía en ti para liberarlos
Bízik benned, hogy megszabadítod őket
Exactamente como estábamos
Pontosan úgy, ahogy mi voltunk
Mi idea era que tú habías sido
Az volt az elképzelésem, hogy te voltál
Antes de que ella tuviera este ataque
Mielőtt ez a rohama lett volna
Un obstáculo que se interpuso entre
Egy akadály, amely

A Él, y a nosotros mismos, y a
Őt, magunkat és azt
No le dejes saber que a ella le gustaban más
Ne tudassa vele, hogy a legjobban szereti őket
Porque esto debe ser para siempre un secreto, guardado de todos los demás
Mert ennek örökre titoknak kell lennie, meg kell őriznie a többitől
Este secreto debe seguir siendo un secreto entre tú y yo
Ennek a titoknak titokban kell maradnia közted és köztem
El rey quedó muy impresionado
A király nagyon le volt nyűgözve
"Esa es la prueba más importante que hemos escuchado hasta ahora"
"Ez a legfontosabb bizonyíték, amit eddig hallottunk"
—No creo que esos versos tengan un átomo de significado — objetó Alicia—
"Nem hiszem, hogy ezek a versek egy atomnyi jelentést hordoznának" – tiltakozott Alice
el rey tenía su propia opinión al respecto
a királynak megvolt a saját véleménye a kérdésben
"Si no hay significado en esas palabras, eso salva un mundo de problemas"
"Ha ezeknek a szavaknak nincs értelme, az megmenti a bajok világát"
"Entonces no necesitamos tratar de encontrar el significado"
"Akkor nem kell megpróbálnunk megtalálni a jelentését"
"Que el jurado considere su veredicto"
"Hagyja, hogy az esküdtszék mérlegelje ítéletét"
-¡No, no! -dijo la reina-
"Nem, nem!" - mondta a királynő
"Primero la sentencia y después el veredicto"
"Először az ítélet, utána az ítélet"
-¡Tonterías y tonterías! -exclamó Alicia en voz alta-
"Ilyesmi és ostobaság!" - mondta Alice hangosan
"¡Qué tontería es sentenciar al acusado primero!"
"Milyen ostobaság először a vádlottat elítélni!"

—¡Cállate la lengua! —dijo la reina, poniéndose morada—
"Tartsd a nyelved!" - mondta a királynő, lila színben
-¡No me callaré! -exclamó Alicia-
"Nem fogom tartani a nyelvemet!" - mondta Alice
—gritó la Reina a voz en cuello—
- kiáltotta a királynő fennhangon
"¡Córtale la cabeza!"
- Vágja le a fejét!
Nadie hizo un movimiento
Senki sem mozdult
-¿A quién le importa lo que digas? -dijo Alicia-
"Kit érdekel, hogy mit mondasz?" – kérdezte Alice
Para entonces ya había crecido hasta alcanzar su tamaño completo
Ekkorra már teljes méretére nőtt
"¡No eres más que un mazo de cartas!"
"Nem vagy más, mint egy csomag kártya!"
Al oír esto, todas las cartas se alzaron en el aire
Erre az összes kártya felemelkedett a levegőben
Y todas las cartas cayeron volando sobre ella

és az összes kártya lerepült rá

Ella dio un pequeño grito

Egy kicsit sikoltozott

Estaba medio asustada, pero también enojada

Félig félt, de dühös is volt

Y trató de quitarse las cartas de encima

És megpróbálta kiverekedni magából a kártyákat

Y entonces se encontró tendida en el banco de hierba

Aztán a füves parton feküdt

Su cabeza estaba en el regazo de su hermana

A feje a nővére ölében volt

Algunas hojas muertas habían caído en su cara

Néhány halott levél landolt az arcán

Y su hermana estaba cepillando suavemente las hojas

A húga pedig gyengéden lesöpörte a leveleket

-¡Despierta, querida Alicia! -dijo su hermana-

"Ébredj fel, Alice kedves!" - mondta a nővére

—¡Qué sueño tan largo has tenido!

"Milyen sokáig aludtál!"

-¡Oh, he tenido un sueño tan curioso! -exclamó Alicia-

"Ó, olyan furcsa álmom volt!" - mondta Alice

Y le contó a su hermana todo lo que podía recordar

És elmondott a húgának mindent, amire emlékezett

todas las extrañas aventuras sobre las que acabas de leer

Az összes furcsa kaland, amiről az imént olvastál

Alicia se levantó y salió corriendo

Alice felállt és elszaladt

Y pensó, mientras corría, en su sueño

És futás közben az álmára gondolt

—¡Qué sueño tan maravilloso había sido!

"Milyen csodálatos álom volt!"